老书新刊之谍战系列

[英] 约翰·马斯特曼 著
肖钟 译

两面间谍

LAOSHU XINKAN ZHI DIEZHAN XILIE

群众出版社
·北京·

图书在版编目（CIP）数据

两面间谍/（英）马斯特曼著；肖钟译．—北京：群众出版社，2015.7
（老书新刊之谍战系列）
ISBN 978-7-5014-5399-3

Ⅰ.①两… Ⅱ.①马…②肖… Ⅲ.①纪实文学—英国—现代 Ⅳ.①I561.55

中国版本图书馆 CIP 数据核字（2015）第 175785 号

两面间谍

[英] 约翰·马斯特曼　著
肖　钟　译

出版发行：	群众出版社
地　　址：	北京市西城区木樨地南里
邮政编码：	100038
经　　销：	新华书店
印　　刷：	北京普瑞德印刷厂
版　　次：	2015 年 7 月第 1 版
印　　次：	2015 年 7 月第 1 次
印　　张：	6.875
开　　本：	880 毫米×1230 毫米　1/32
字　　数：	123 千字
书　　号：	ISBN 978-7-5014-5399-3
定　　价：	26.00 元
网　　址：	www.qzcbs.com
电子邮箱：	qzcbs@sohu.com

营销中心电话：010-83903254
读者服务部电话（门市）：010-83903257
警官读者俱乐部电话（网购、邮购）：010-83903253
公安综合分社电话：010-83901870

本社图书出现印装质量问题，由本社负责退换
版权所有　侵权必究

老书新刊出版说明

  群众出版社作为公安部所属出版社,新中国成立之前叫群众书店,是北平地下党组织的活动据点。上个世纪五十年代中期开始至八十年代初期,出版社组织翻译出版了近五十部间谍题材的外版书,为读者较全面地了解神秘的间谍内幕和谍战经典战例提供了丰富史料,进而形成了群众出版社的出版特色。这批书出于当时国际国内形势的需要,有些限定在内部发行,购买时要凭相关单位的证明和工作证。至今,仍有很多老公安政法干警记忆犹新,当时,为了购买群众出版社出版的图书,许多人在公安部8号楼排队一直排到长安街路边。半个多世纪以来,这些图书的名字与群众出版社密不可分,留下了深深的时代烙印。近年来,随着谍战影视的热播，人们阅读间谍题材图书的热情逐渐升温，图书市场上间谍题材的小说颇受读者青睐。但同时，也有一批读者渴望读到真实的纪实性谍战类图书。这类书由于多年未加印，市面上很难买得到，就连一些旧书网店都很难淘到。今年恰逢纪念中国人民抗日战争暨世界反法西斯战争胜利七十周年，群众出版社通过整理档案资料，首批出版"老书新刊之谍战系列"七部。需要郑重声明的是，自从决定出版之后，经过多方联系著者、译者及原出版者，由于时隔三四十年，始终没有音信，其间我们还求助了中国文字著作权协会。最终群众出版社与中国文字著作权协会签订稿酬转付协议，望相关权利人或知晓线索人士与群众出版社联系。

群众出版社
二〇一五年七月

内容简介

《两面间谍》一书是英国爵士约翰·马斯特曼所著,一九七二年由美国耶鲁大学出版社出版,一九七九年又由群众出版社出版中文版。作者根据其亲身经历描述了第二次世界大战期间英国情报机关怎样将纳粹德国的派遣间谍组织一网打尽,基本上控制并逆用了这些间谍,反过来给德国以沉重打击。书中叙述了他们运用两面间谍的实际案例。

《两面间谍》
群众出版社1979年出版

内容简介

《两面间谍》一书是英国爵士约翰·马斯特曼所著，一九七二年由美国耶鲁大学出版社出版，一九七九年又由群众出版社出版中文版。作者根据其亲身经历描述了第二次世界大战期间英国情报机关怎样将纳粹德国的派遣间谍组织一网打尽，基本上控制并逆用了这些间谍，反过来给德国以沉重打击。书中叙述了他们运用两面间谍的实际案例。

《两面间谍》
群众出版社1979年出版

两面间谍/LIANG MIAN JIAN DIE

序

约翰·马斯特曼爵士所写的关于英国情报机关的两面间谍系统的报告书是一个重要的历史文献。马斯特曼是一位深有造诣的历史学家，他深知他所描绘的是第二次世界大战中一个值得了解和记忆的篇章。作者还是一位出色的记述者，他这本《两面间谍》是很吸引人的，内容又是认真严谨的。

没有必要去考证本书所列举的故事和案件的真实性，在这些故事中都谈到有不少间谍表面上为德国人干，实际上却瞒着德国人替大不列颠工作。本书的官方材料来源于大量的供词，然而由于其中的许多案件同我在战争期间所从事的工作有关联，我可以保证它的真实性，我曾从事过特殊的反间谍工作，经常和英国军事情报第六处打交道，该处是负责联合王国海外情报工作的机关，把它的组织名称局限在"军事情报部"的范围是个时代错误。马斯特曼在本书中经常叙述的在英国从事反间活动的"国内安全科"是军事情报第五处所属的一个科,是国内保安机关,其性质大体相当于美国联邦调查局。在联合王国境内发生的案件,可以说完全属于英国内政,但是有些敌国间谍被揭露后通过劝诱开始为英国人工作并转过来欺骗原来的主子,这些间谍同国外有密切的联系,这样,军情六处同盟国情报机关的相应组织进行协同配合就势属必然了。

回顾历史,英国对于情报艺术的某些贡献是很突出的。在截译敌方无线电密码方面,成果辉煌,已逐步居于领先地位,许多公开发表的记录已经证明了这一点。截译无线电密码的技术已经高度发展。定向科学也高度发展,应用这种科学就能够把发报机的位置侦测出来。由于对所有的无线电通讯不断进行监听,不仅可以检查核对两面间谍所发出去的情报内容(通常间谍本身兼充报务员),并且能够检查他所收录的一切消息和指示;同时经过细致研究,也有可能估量敌人对所收到的情报如何评价,这是对欺骗敌人效果的一个验证。当然在所有这些活动当中,下面这件事也是很重要的,这就是可以发现一些新的间谍,这样就有可能对德国人在英国的间谍活动网进行全面地了解和控制。

英国人在情报艺术上的另一个贡献就是所谓"公开情报"的运用。在公开情报方面,有一些学术性的资料,经过专家学者的研究,就会从中发掘出一些早已搜集起来但一直被尘土所封埋的情报。例如,反攻欧洲登陆作战所需要的潮汐时间表,首都地区各种轰炸目标的位置,需要准备对付的降水量,应该避开的雨季等,这些并非不重要的资料,都来自被人们忽略的公开书籍中的某页，而不是出自间谍们的那些过分耽搁了的秘密报告，从在英国大学里进行的这种研究和分析中，美国情报机关学到了不少东西，但这些并不涉及两面间谍的工作。

毫无疑义，英国情报工作中最卓越的成就就是两面间谍的运用以及通过他们所进行的欺骗敌人的活动。军事情报第五处第二科是进行这种活动的核心，正如马斯特曼所描述的那样，这种欺骗敌人的活动涉及很多工作部门：军事情报第五处、军事情报第六处、海军、空军、内务部和外交部等。

在第二次世界大战中，英国政府根据需要和计划安排，征召了一些大学和其他专业组织的专家学者作为编外的"智囊"。在情报机关里，许多非职业性的活动家和专职人员携手并肩地工作。关于两面间谍这项工作，就是由非职业的马斯特曼担任的。他是一位大学的研究员，又是一位热心的板球名手。他的头脑已经习惯于这种政治斗争中的掷球，如同在球场上一样，要敢冒风险，而收获也是巨大的。这是二十世纪最大的一场决斗。当马斯特曼提到两个最出色的两面间谍时，他同时也提到两位著名的板球名将，"在两面间谍的世界中，如果把史诺比成是早期的格雷斯，那么加宝就相当于后来的布雷德曼"。这句话绝不是玩弄修辞学的词藻。在两面间谍的游戏中，同样需要高度的技巧和绝对的协调。在这方面，英国人是能手，美国人在欧洲战场和地中海战场的类似做法都出自英国人的指导和示范。

《两面间谍》一书中所提供的案例是该书的特殊优点。这是一本行动手册，确实与别的书完全不同。当美国人在第二次世界

老书新刊之谍战系列

大战期间筹建他们的国外反间谍系统时,对参加这项工作的新手每人发一本坎普顿·麦康基所著的《脑上之水》(1933年),这大半是由于不得已,因为不论是间谍工作还是反间谍工作的手册实在少得很。格雷厄姆·格林的讽刺作品《我们在哈瓦那的人》(1958年)或许是最好的一本。爱德华·韦斯米勒的小说《蛰伏的蛇》(1962年)是关于描绘如何掌握一个变节的间谍心理状态的少数报道之一,这个案子描述的是盟军反攻欧陆以后,德国间谍在美军防线后面活动的情景。

海军少校尤恩·蒙塔古所写的《从来没有的人》(1953年)是一本最著名的关于战略欺骗活动的报道,也是最详尽的记述。达夫·库珀的小说《伤心行动》(1950年)曾经讲过这个案例。但是,蒙塔古少校是一位海军情报人员,他是这起精心策划的诱骗敌人活动的主要发起人和案件掌握者。他们利用一具漂流到西班牙海岸的尸体上装着的假信,诱使德国人误信了盟军在地中海战区的下一步行动目标是撒丁岛而不是西西里岛,但实际上正是西西里岛。

作为英国国防大臣并担任丘吉尔的总参谋长的伊斯梅勋爵曾为蒙塔古少校这本书写了序言,作为半官方的评价。他在序言中说:"由一个熟悉全部细节的当事人来公布一个秘密战役的全部过程,这种情况是不多见的。军事院校的学员们应该感激这本关于战争艺术领域里一门特殊学问的教科书,而其他的人或许只能把它当作惊险故事来欣赏。它再一次说明,真实比虚构的故事更能动人心弦。"伊斯梅勋爵预先指出了《两面间谍》这本书所具有的同样价值。

　　马斯特曼不论对于真事还是虚构的故事都是十分熟悉的。他所写的那些著名的惊险小说就可以证明。《一个牛津的悲剧》（1933年）的巧妙构思和他后来被选入"双十委员会"是不无关系的。而"双十委员会"的任务就是作为两面间谍复杂活动的决策者和管理机关。他们要对两面间谍发出的情报以及对敌方要求的答复进行监督，同时还要准备一套情报人员班子，准备在任何需要的时候，都能出动去担任各种重要角色。动用他们的时机到了，如在诺曼底登陆之前，为了分散德国人的注意力和迷惑敌人，故意制造了准备在挪威登陆的假象；他们还采取措施，使德国人无法了解V-1和V-2火箭轰炸伦敦的实际效果，从而拯救了千万人的生命。这要归功于英国的两面间谍系统。真实和虚构，两者都发挥了作用。

　　正如我说过的，幸而具备了"游戏"的因素，使人始终保持了新鲜感。马斯特曼在为《命运不能伤害我》（1935年）这本书写的序言中说："打破常规是一种人生乐趣，这是一个平凡的真理。在这方面，中年人和有身份的人，他们天真无邪的兴趣并不少于年轻人和捣乱分子。"英国国内安全科的一些业余工作者的确是"中年人和有身份的人"，不过，他们的兴趣却不能说都是"天真无邪"的。马斯特曼的战后小说《四个朋友的案件》，其副标题是"以侦察为乐事"。书中的故事是叙述犯罪活动的，在牛津大学高年级生休息室中，一位客人在叙述这"四个朋友"中的一个人时是这样形容的：

葡萄牙是一个中立国。因此许多国家和作战双方的官方与非官方的间谍都集中到葡萄牙来。在柏林，你不可能听到伦敦发生什么事。但是在中立的葡萄牙，很可能听到或猜测到双方所发生的事情；还可能散布一些在伦敦或柏林并未发生的事件（听起来好像很可靠），而且能使对方相信。于是，里斯本就变成了一个国际交易所，是侦探和间谍们集聚的热闹地方。在那里，出卖和收买各种军事的和政治的秘密情报（有真的，有假的，假的居多），在那里，人们在互相钩心斗角。不仅如此，情报人员的生命是十分危险的，而两面间谍的生命更是危险得多。他要在摇摇晃晃的紧绷的绳索上站稳，稍有不慎就会滑下来，跌个粉身碎骨。《四个朋友的案件》一书中叙述的班尼斯特是作为一个商人到里斯本去的，他在英国的和盟国的外交界和商界是很有声望并深受尊敬的，但是，他的身份不仅仅如此。

班尼斯特的确是"不仅仅如此"，他不单纯是个商人。所有的间谍也都是"不仅仅如此"。小说中描绘的关于班尼斯特和他朋友们的谈话，很像是"双十委员会"的成员在谈论史诺[①]和塞乐里一样。

马斯特曼在他的书中明确地列举了"双十委员会"的守则。这些是值得我们反复阅读的：

[①] 史诺是一个两面间谍的代号。——译者注

一、控制敌人的全部间谍组织，或者尽我们最大的限度去把一切能抓到手的敌人控制起来。

二、发现新的间谍时，及时捕获。

三、不断加强了解德国特务机关的人员情况和他们的工作方法。

四、全力获取敌方特务机关的电讯密码的情报。

五、从敌人所提出和探询的问题中来判明他们的计划和意图。

六、用送发给敌人的情报来影响他们的计划。

七、在实施我们的计划和意图时，尽一切可能去迷惑敌人。

马斯特曼是细致入微地将这些原则付诸实施的。问题绝不仅是发现一个间谍的下落然后将其逮捕了事。马斯特曼所在的委员会并没有执行逮捕的权力。即便他们有这种授权，也会很审慎地使用它。一切反间谍机关都是重视掌握敌人动态的，而且都懂得，消灭了一处敌人的活动，只能刺激敌人用另一处的活动取而代之。因此一般说来，较为上策的是严密监视一个已经发现的敌方间谍，而不要轻易地触动和逮捕他。要进一步设法从侧面来限制他，使他无法获得任何重要的情报，相反，还要设法用假情报来喂他（人们称这种假情报为"喂鸡的饲料"）。当然，最理想的是通过各种手段迫使这个间谍为我所用。试想，如果敌方的情报工作已被我们阉割而名存实亡，那就不再是可怕的了。这种外科手术式的做法是两面间谍艺术中的极大成就。

马斯特曼愉快而公正地阐明了英国在运用两面间谍方面所树立的功勋。他说："在大战期间的大多数时间里，我们不仅通过两面间谍对敌人实行了大规模的欺骗活动，我们还通过两面间谍的活动，主动地掌握和控制了德国人在英国的整个间谍系统。"战争结束后，盟方的第一个目标就是立即检验德国人的情报工作记录，看看是不是有什么地方我们搞错了或措施欠妥。看了德国人的材料以后，没有理由使英国人对自己的工作成就发生任何动摇。马斯特曼讲的是英国人的故事，并且是通过这种叙述来启发后来人的。从德国人的资料中可以从反面证明我们的对敌欺骗是完全成功的。

马斯特曼的这份报告书是十分吸引人的。它既有权威性，又能满足读者的好奇心。他论述了从战争初期以来两面间谍的发展过程。在初期，英国人完全处于防守的地位，主要是如何抵御对英国的入侵来保卫自己。这个时期正是史诺的活跃时期。后来，发展到另一个阶段，那时主动权已经转移到了盟军方面，已可预见到即将反攻欧陆。到了这个时候，加宝就一马当先，大显身手。敌人也在密切注视着局势的变化。在第一阶段中开始建立起来的两面间谍系统在第二阶段中重新运转了起来。这个转变是微妙的并且是充满惊险的。作为一个严谨的专家，马斯特曼在他的这份报告书中一直严格尊重历史事实，正如他自己所说的，"为的是使故事的主线不致受到曲解或干扰"。然而，在他的着眼点里，对于现实的关切超过了对历史的叙述。对于那些"双十委员会"的人们，故事在持续着、变化着，而且是有节制地被叙述着。

马斯特曼为我们勾画出了一个充满谋略斗争的世界。在这个世界里，居住着像史诺，像马特和杰夫，像塔特和奇格扎格以及屈息儿这样的人物。他们只能用这些假名而闻名于世，他们在这些假名的掩盖下生活着、活动着，各自分摊着命运的风险。马斯特曼有一句经验之谈："有一点是怎样强调都不为过分的，那就是，最有价值的案件是那些案件掌握者能将自己的意图最完整、最有效地贯彻到所属间谍身上的案件。"微末细节都很重要，往往能牵动全局。甚至在间谍与敌人的通讯方法上，不论是通过无线电或密写，或在中立国的当面接头，都要求案件掌握者和参与人的全神贯注。必须细致掌握每个报务员的发报风格，像报警信号、发报时的节奏等，以便一旦这个间谍身死或由于某种原因必须换人时，可派别人来顶替他而不致被敌方发觉，这些看来是细节却具有惊人的重要性。

《两面间谍》这本书不仅是唯一的描述两面间谍的著作，而且可以说是最优秀的著作之一。有的时候，他的故事可以引人入胜地加以引申描写，正像蒙塔吉所著的《肉馅行动》和《从来没有的人》那样，又如埃迪·查普曼的自述《埃迪·查普曼的事迹》(1954年)关于他自己用奇格扎格这个化名充当行动特务的报道（当时他的德国主子称他为弗里岑），也可以同样地加以引申描绘。

在《两面间谍》这本书中，真正有意义的是这个系统本身。

在哲学意义上说,决定一切的是"胜负"问题。毫无疑问,在那些奋不顾身冲向西西里岛和诺曼底登陆的士兵们的心中,所考虑的就是这个胜负问题。在"从来没有的人"的背后确实有为数众多的有良心、有智慧的人做后盾,马斯特曼所描述的正是这些人的工作。他们是两面间谍工作的生态学家:一切事物都是互相联系的,事物要保持均衡,但最终,总有敌对的一方要走入歧途而引向失败。敌人的错误就是我们的胜利,幸运的是,敌人正是走了这条错误的道路。

诺尔曼·霍姆斯·皮尔逊[①]
一九七一年九月于纽黑文

[①] 作序者诺尔曼·霍姆斯·皮尔逊,是美国耶鲁大学文学教授,第二次世界大战期间曾在美国战略情报局驻伦敦某单位工作。——译者注。

前　言

　　这本书是我在一九四五年七月至九月间写的。那个时候，我参加两面间谍的工作已经四年半了。从七月七日起我有五十六天的休假，九月一日休假结束，又过了两个星期才写完这本书。这些日期是重要的，我的服役已经结束，但是，安全局局长要求我代表他写一份关于战时两面间谍的报告书，于是我就留在局办公室里，并被准许翻阅有关的文件材料，结果写成的这份报告书和假定我仍然是现役官员时所写的内容，是有些不同的。特别是我明确地写出我对未来情报工作中一些重要问题的看法。我不知道书中最后一章对于当局能产生什么影响。可能一点影响也不会有，因为他们当中很少有人会阅读我的这份报告书。但我知道，在我起草这份报告书时，我在思想上是毫无拘束的。如果说这份报告书还有一点价值的话，那是因为它完成于一九四五年。再过几年以后所出版的两面间谍史会在很大程度上变成一本"应景书"或是一本宣传品。在一九四五年写成的这份东西包含当时我对情报工作的观察和意见。因此现在出版这本书仍然保持一九四五年九月付印时的原样（当时传阅的范围很小），只有少数地方有所删节和文字修改。

这本书是作为工作报告而写的，在一九四五年时完全没有想到会出版。但时隔多年，我和其他了解本书的人都认为现在可以公开出版了。因为战争年代的秘密都已经陆续揭露，因此反对出版的意见就大为减少了。现在可以说，这本书对于一个潜在的敌人来说，不会泄露任何有价值的机密。

由于反对出版的意见减少了，而赞成出版的意见增多。我认为，如果在保密方面不再有什么障碍，那么，让人们有机会读一读这些曾经是历史事实的可靠材料，就不会再遭到反对了。而且我认为应该把成功的光荣归于那些建立功勋、当之无愧的人们——在本书中，主要是指英国军情五处和六处，尽管与六处的关系少一些。我认为这一点也是很必要的，因为一般人往往对于情报机关没有好印象。情报机关所做的良好工作，除了他们的上级和有关人员外，是很少被人知道的；相反，他们的错误和失败，往往会广为传播，引起大量的责难和批评。失败被夸大，成绩没人提,如二十世纪五十年代和六十年代的某些间谍案件,就严重地损伤了情报机关的信誉。这虽然是很难避免的,但它是不公正的,并已造成不幸的后果。因为当名誉受到损害时,情报机关的威信也就没有了。正如休·盖茨克尔在一九六一年说的那样:"保密是必要的,但信誉必须恢复。"

在一九六一年之前我就认为,关于两面间谍故事的出版,可能有助于恢复情报机关的信誉,因为这些故事毕竟是成功的事实,而且公布这些故事对于其他反间谍工作并无妨害。这里有个问题应该澄清,我听到过一些议论,说英国情报部在战争期间的成功,主要是由于从外单位聘请了一些"业余人员"的功劳,而到了战后,这些人走了,情报部的效能就完全淡了,甚至还有些刺耳的话。关于这个问题,我必须根据我目睹的事实、特别是在一九四五年以前的事实,说几句公道话。因为我自己就曾是情报部的一名"业余人员",我有四年的实际观察。对情报部的其他各局、处的情况我不了解,但对管理两面间谍的单位情况,我是了如指掌的。我们这些业余人员,的确干了大量的有益工作,忠实而有成效地支援了那些专业人员。但是,在军事情报第五处,正是那些专业人员制定政策,提出计划,负责执行,并且给予我们这些人以必要的指导。因此,两面间谍工作的功绩首先应该归功于那些专业人员。同时我还相信,用一句常用的军事用语来说,叫作"吸取教训"吧,那就是各部门、各军兵种之间的协作配合的重要性。这种各单位之间的协作配合,在两面间谍工作中的作用,可能比其他工作更为突出。

老书新刊之谍战系列

由于有争议,早在几年前,我就主张出版《两面间谍》这本书。当局经过研究认为实行我的建议,时机还不成熟。现在,大战已经过去四分之一世纪了,女王陛下、政府终于批准可以出版此书,对此我表示感谢。

为了免除误解,还有一点必须指出,本书中提到的事实情节,大概不会有什么争论,但是一些观点和理论,则纯属我个人的见解,也只有我个人对此负完全责任。当然,其中有些,也许有许多地方,在从事两面间谍工作的人员中会有不同的看法,但为了在书中叙述的方便起见,我仍然经常使用"我们"这个词。就人员来说,我使用的"我们"是代表军情五处所属的国内安全科(五处是保安处,国内安全科是管理两面间谍业务的具体单位)。在涉及政策问题时,"我们"也包括国内安全科的上级指导单位"双十委员会"——这个单位的名称是从罗马数字双ⅩⅩ[①]音译而来的。在涉及重要问题、特别是作为上级机关的军情五处以及国防部的理论和观点时,"我们"这个词只能代表我个人。

约翰·马斯特曼
一九七一年九月于牛津

[①] 罗马数字双ⅩⅩ,英文读为 Double Cross,是两面欺骗之意。——译者注。

两 面 间 谍 /LIANG MIAN JIAN DIE

目 录

第一章　两面间谍的理论与实践 …………………………………… 1
第二章　两面间谍系统的起源 ……………………………………… 36
第三章　一九四〇年秋天 …………………………………………… 46
第四章　管理两面间谍系统的组织 ………………………………… 61
第五章　一九四一年的间谍通讯 …………………………………… 71
第六章　一九四一年的几项试验计划 ……………………………… 81
第七章　一九四一年的间谍 ………………………………………… 88
第八章　一九四二年的进展 ………………………………………… 99

第九章　一九四二年的间谍工作和历史 …………………… 110

第十章　一九四三年的活动 …………………………………… 126

第十一章　为掩护诺曼底登陆和反攻法国而采取的
　　　　　欺骗行动 …………………………………………… 144

第十二章　在大战最后一年中两面间谍的运用 …………… 164

第十三章　结论 …………………………………………………… 185

附件一　在英国的两面间谍一览表 …………………………… 189

附件二　德国阿勃韦尔情报机关给间谍人员"三轮车"
　　　　赴美国的搜集情报提纲 ………………………………… 193

第一章　两面间谍的理论与实践

战争期间关于两面间谍的运用，无论在对敌斗争的策略方面还是在反间谍工作方面，都是由来已久的。在许多战场和许多地方，两面间谍被越来越经常、越来越广泛地使用，在未来战争中肯定还要使用。每一个派入敌国领土或穿越火线的间谍都必然会设想一旦被捕获如何求生、保存生命，这就得向敌人坦白招供，可能被放回来甚至带回来一些材料，当然这些材料，实际上都是经过俘获单位核准甚至是他们口述授予的。

有些坚贞不屈、有坚定信仰的人即使在压力下也会拒绝任何充当两面间谍的诱惑。但是，大多数间谍人员并不具备斯巴达人那种视死如归的气概。许多人，也许是绝大多数人，会在压力之下或单纯出于自我保护的动机而变节并向敌人屈膝投降。其中有些人仍然怀念故土、而在环境的逼迫下不得不和敌人暂时应付；也有些人对于间谍世界中充满了尔虞我诈和钩心斗角的神秘气氛，具有天生的爱好，只要能够满足他们对冒险生涯的追求，他们甘愿为任何一方服务；还有些人本来就有左右逢源、两面讨好的性格，这种人对于敌对的双方都无所谓忠诚，也不受任何道德观念的束缚，纯粹出于一种职业习惯而使他们为任何人效劳卖命；还有的案件表明，一个间谍已经被捕、被审讯、被处决或被关押，但情报仍然从他那里发回来，这种间谍名义上存在，实际上已经死了，"人虽死，还在继续说话"；还有一种是完全虚构的两面间谍，是"空想"出来的，完全是某些人的怀疑、臆造和异想天开的产物。总之，关于两面间谍，是多种多样的，他们可以并且已经被运用在许多方面和多种目的上面。

根据以往的实践和现实生活中的广泛应用，两面间谍在第二次世界大战中确实已发展到淋漓尽致、具有传奇小说般的精彩地步。在古老的兵书中，两面间谍被叫作"反间"，在过去，据我们所知，两面间谍只被使用于特定目的或暂时性目的，如执行一项战术性的欺骗计划或传递一项伪造的政治情报。但是，在第二次世界大战中，两面间谍的运用显著地扩大和发展了，已经被置于长期打算的基础上。就是说，为了获取真正的有价值的东西，宁肯放弃一些眼前的唾手可得的利益。需要用较长的时间来培植间谍在敌人心目中的信誉，以便在时机真正到来时放手大干一场。在这方面，首先有必要随时做出正确的判断。当一个人在黯淡的历史和捉摸不定的情况下在一个金矿里投了资，用低价买进一些股票时，只要股票行情上涨，他就不难很快地赚回一些钱，尽管是少量的。但是，如果他想大干而彻底改变命运，就必须甘冒遭受重大损失的风险而把股票牢牢地抓住不放，要么一下子赚大钱，要么全部赔光。对两面间谍的运用，如同一个人投资的生意一样，有的在开始阶段花费了大量的人力和金钱，结果十分理想，大有所获；但也有的花了极大代价而毫无所得。这种情况是不可避免的，将欲取之，必先予之。为了今后可能的收获，首先必须付出代价，甚至不惜付出巨大代价。

  两面间谍的运用，不仅有长期打算，而且已经发展到这种程度，就是我们需要考虑的不仅是一些孤立的案件，而是要把两面间谍作为一个整套的"系统"来通盘经营。事实上，在战争期间，我们已经依靠两面间谍"系统"对敌人实行了大规模的出人意料的欺骗。依靠两面间谍系统，我们在事实上完全控制和掌握了德国人在我国境内的全部间谍组织。这样的事在事先是不可能完全预料的，甚至是难以置信的，直到从战后的历史上才得到了完全的验证。在当时，我们对于一些经过证实可以肯定的东西，也十分审慎而讳莫如深，因为在时机还不成熟时，任何意外事件都可能影响和改变事物的进程。尽管如此，但这毕竟是事实，是第二次世界大战中的历史事实。现在我们就是要把这些事件是怎样形成的、怎样运用的、获得了哪些成就、失掉了哪些机会等,进行逐个探讨,希望根据以往的教训和做法为今后如何掌握和经营两面间谍系统总结出一些有益的经验来。

这里,应该提出三个问题。第一个问题,我们过去使用的许多原则和行动方案都是建立在我们根本不可能完全控制德国情报系统这个假定的基础上的。我们对于每个间谍和他们的每件通讯材料,都精雕细刻地采取了许多应变措施(我们设想可能发生的许多情况后来证实是错误和多余的),我们一直担心德国方面会有一些也许很多单线活动的间谍不在我们的视线之内,而这些我们所没有掌握的、单独活动的间谍所发回的情报,很可能被德国人用来核实受我方控制的间谍的忠实程度。后来经过长时期的周旋,我们才意识到德国人是多么信任那些实际上已被我们控制的间谍。事实还告诉我们,"阿勃韦尔"(德国军事情报局)是多么容易上当受骗,他们的效能是多么低劣。毫无疑问,由于我们的过分拘谨,放不开手脚,许多大好时机被错过和丧失了。如果一开始我们就知道德国人在我国并没有其他"复线"情报系统,我们的行动就可以更大胆、更及时,战果也就会更加辉煌。

话说回来,我们过去采取的预防性措施并不都是无用的。在掌握两面间谍方面所总结出来的一些稳妥谨慎的做法在将来还是有用的。我们提出的第二个问题是,不应设想在未来的战争中我们仍然能有同样或差不多的进展和成就,这是不可能的。在第二次世界大战中,我们侥幸遇到一个特殊的环境和极好的运气。在环境上,由于德国人的错误判断和缺乏远见,使德国派入我国的全部间谍系统落入了我们的掌握之中。通过各种秘密渠道，我们能够有效地观察经我们控制发出的情报是怎样地送往柏林，并使德国人对它深信不疑。相反，在我们这里，他们却缺少必要的复线情报，这些条件给我们造成了极为幸运的局面。这种幸运在今后是不会再有的，历史不会重演。可以设想，在未来的战争中，两面间谍的经营将是十分艰巨而冒有巨大风险的。

　　第三个应该牢记的问题是前两个问题合乎逻辑的结果。为了经营两面间谍而制定的一些原则和方案，只应看作是行动的正确指南和必然反应，而不应看作是死板的教条和不可改变的戒律。今后的环境，不论局势怎样发展，都和以往大不相同。必须再次指出，历史不会也不可能重演，但是应该重温过去的历史经验并运用于将来。一个简单的说明就足够了。例如，派出间谍的通讯联络问题，不论是同单线派出的间谍还是同两面间谍的联系，由于无线电的广泛应用，大战以来，在方法上有了很大改变。在第一次世界大战中，我们主要靠邮电检查以及通过派往海外的情报人员来作为获取反间谍工作情报的主要来源。而在第二次世界大战中，监听截译无线电通讯就变成首要的手段了。一个目光短浅的人或许由此得出结论，认为在未来的斗争中，其他的种种通讯联络方法——如面对面的接头联系、密写通讯等都已过时或不那么重要了。他们的根据是，由于科学技术的飞跃发展，可能制成一种完全逃避监听的微型发报机，也可能制成无法破译的密码，无线电通讯方面发展的高速度和准确性，可能使其他各种通讯方法都黯然失色。但是，应该指出，这种论点到头来很可能是错误的。在间谍斗争的领域内，关于无线电通讯作用的争论，就如同多少世纪以来在军事上关于攻击与防御两种手段孰优孰劣的争论一样。老式的战舰在一种新发明的炮弹面前是束手无策的，于是新的战舰就装备了防贯穿的钢板，而又一种新发明的炮弹可以完全摧毁这种防贯穿的钢板。这种矛盾发展，循环无穷。因此，在有关无线电秘密通讯方面，在未来战争中，有可能发展到这样一种地步，即任何高效能的电台发报机都由于极其严密的电子侦控措施而变得无法使用。到了那个时候，也许又会被一种现在我们还无法想象的通讯联络方法所取代。

所有这些，似乎是令人惊异的，但事实确实如此，在未来战争中的许多方面都会与这次大战的情况大不相同。在第二次世界大战期间，两面间谍一般使用在中立国接头联系、使用密写（辅之以微型胶片、显微点通讯）以及无线电电台通讯等方法，在这些方法中又以电台通讯为最主要手段。在将来，我们很难说究竟哪一种通讯联络方法最可靠。但有一点是肯定的，不论采取什么方法，都将与过去用过的大为不同。具体地说，关于第二次世界大战中两面间谍斗争的案例无论怎样刻画入微和描绘得有声有色，都只能提供作为学院研究或历史探讨的参考资料而已，就其中绝大部分的情况来说，都已经时过境迁了。那么，剩下来的问题就在于着眼于未来，而从中摸索对今后可能有益的原则与方法。

现在让我们言归正传，这就是关于在大战期间我们是否确实控制和掌握了德国人潜伏在英国境内的全部间谍系统的问题，确切地说，是指从一九四〇年法国本土沦陷，英国与欧洲大陆之间的正常交通被切断开始，直到一九四四年英军重返法国为止的这段时间。当时，有可能控制全部德国秘密情报系统的主要是一九四〇年五六月间以来，英国与欧陆之间的交通断绝，而在此以前，来来往往的过境人员又是大量的、频繁的，在那种情况下，不要说控制全部即使控制大部分敌方间谍组织也是十分困难的。一个为我方工作的间谍在若干年以后告诉我们说：他作为一个德国人，曾在一九四〇年上半年从欧洲大陆前来英国，就出售一种有专利权的绷带进行谈判。这件事实说明，在战争期间，敌方间谍要潜入英国是并不困难的。但是到了一九四〇年六月以后，潜入就很难了。他们只能通过非法途径取道瑞典或葡萄牙前来英国，但在通过严格盘查的"瓶颈"地区时，我们不难捕获那些不速之客，也不难从羊群中发现伪装的狼，这种安全保卫措施是不难采取的。

在光复了法国和比利时以后，英国本土与欧洲大陆之间的交通迅速恢复，谁也不敢担保说间谍不会趁此机会混进来。虽然我们当时的安全措施的效能已经达到很高的水平，但由于往来的旅客人数太多，国籍复杂，因而不可能杜绝一切漏洞，做到一个不漏。

究竟是什么原因促使我们认为有必要去控制德国人在英国分布建立的全部间谍系统呢？这是因为当时德国人要获取英国的情报不外乎六条渠道：空中侦察；无线电窃译；审讯战俘；利用一九四〇年以前的积累资料并对照研究近期的报刊资料；通过驻在

中立国的使领馆；通过间谍搜集情报。其中最后一种即间谍工作，由于我们成功地运用了两面间谍系统，因而反使他们的间谍系统被我们有效地控制了起来。间谍，作为敌人搜集我方情报的六种手段之一，虽然只是一个局部，但这个局部还是很重要的。很清楚，德国人一直重视间谍的作用并把它当成获取我方情报的最主要来源。因此，对它的有效控制是十分必要的。尽管我们有时担心敌人可能用其他方法进行复查（如用空中侦察办法）而招致暴露，因而不大敢向敌人发出欺骗性的假情报，但我们至少希望知道敌人已经得到了什么，而查明这一点是个极大的收获。我们经常担心的是敌人采取某项军事行动前是否已经掌握了有关我方准确而具体的情报，这一点实际上取决于他们在平素是否掌握这方面的丰富知识。我们经常听到这样一种主张，即不让敌人获得我方任何一件情报，这种提法可能是我们保安机关的奋斗目标。但实际经验表明并被理论所证实的是，你不可能封锁一切消息。把一切行动、准备、措施等完全保密，这几乎是不可能的。另外，要力求掌握敌方的某一条情报渠道，从而侦悉敌人实际上已经获得了哪些情报，进一步向他们"提供"经过我们精心篡改的情报以迷惑敌人，给他们制造混乱，最后按我们的意图来摆布敌人。

让我们回忆一下战争期间两面间谍活动盛极一时的情景，不难看到，这种两面间谍系统有许多优点，给我们带来莫大的利益。概括起来，有如下几点：

一、我们的主要目的是控制德国人在英国境内潜伏的间谍系统。我们知道，布置、建立和经营间谍组织是一项极为艰巨和费时费力的工作。可以设想，如果敌人能够从我们实际控制的间谍手中源源不断地获得充分的情报，他们就没有理由再去花费许多气力去另建其他情报组织。这从反间谍工作角度来看，是个重要收获。这样做远比把敌方特务组织一网打尽、见头就抓的做法要高明得多。

二、已被我方控制使用的间谍可以帮助我们去联系或捕捉新的间谍特务分子。尽管所有的情报工作理论都禁止间谍之间发生横向的联系，但实际上许多新潜入的间谍由于实际需要，往往会不可避免地发生这种联系。战争初期我们抓获的许多间谍几乎都有这种与"生命线"① 进行联系的任务，而所谓的"生命线"大半是已经被我们控制使用的。

三、我们可以从中获知敌方间谍组织领导人的性格特点、工作手法等情况。这些情况对于反间谍工作来说是具有高度价值的。通过已被我方控制的间谍分子，我们洞悉了他们怎样受特工训练、怎样被派入以及有什么装备等许多具体细节，这样我们就可以通过这些特点去发现新的敌人。

四、我们可以从中获取敌人的无线电密码和破密材料。

五、我们可以从中探索敌方的意图。仅从敌人所提出的问题中，就可以判断出关于敌人意图的许多重要情报。如果敌军只准备进攻英国的西南部，就不会喋喋不休地去讯问有关西北部的问

---

① 重要的间谍基干。

题，如果敌人停止讯问有关地面和滩头的防务情况，那就可能意味着敌人登陆计划已经推迟。

六、在经过充分准备并有各方面充分支援的情况下，我们不仅可以探索敌方的意图和打算，甚至可以设法去影响和改变敌人的行动计划。一份关于我们某机场防务十分薄弱的情报，有可能促使敌人改变原定轰炸工厂仓库的决定而把目标转移到这个机场。在这方面，巧妙的宣传工作可以起到良好的配合作用。例如，一九四三年德国曾探询英国对毒气战争的准备情况如何，两面间谍布朗克斯就向德国人汇报说，英国在这方面的准备极其充分，无懈可击。这样就使德国人感到即便动用毒气，也未必能占上风而不得不缩手。

七、最后，我们可以借此来欺骗愚弄敌人。在发出的正确情报当中，夹杂一些错误情报。但必须记住，这些错误情报能否发生作用并取信于敌人，很大程度上取决于情报发送者在敌人心目中的地位与信誉。因此，为了骗取敌人的信任，往往需要使情报发送者在一个相当长的时期内，不断发出真实情报，以使敌人对他深信不疑。

上述这些优点是显著的，但很清楚，捞取这些好处是必须付出代价的。正如上面最后一条中所提到的那样，往往是取得的成就越大，相应付出的代价也越高。一个两面间谍绝不可能从一开始就平步青云，一下子就发挥重大作用。相反，必须坚定不移地设法"培养"他的威信，这个过程往往需要几个月，也许几年。换句话说，在他培养威信这个阶段，不要指望他有所收益而只能让他充当败家子。本书后面的章节中将详述这个过程是多么艰巨和复杂。现在越来越证实这个道理：将欲取之，必先予之。要获取巨大的胜利，就必须敢于付出巨大的代价。

事实上，付出的代价最后看来，未必是昂贵的。许多案件表明，为了建立信用，取信于敌，不一定必须拿出什么绝密或了不起的重要情报。但是这种代价大小，多半取决于间谍的处境、他的自信心以及他所负担任务的重要性。不管怎样，他必须善于逐渐地赢得敌人的信任，并且要善于揣测敌人对他的希望和估计。在这个过程中，他势必要向敌人提供一定数量的真实情报。那么，谁来决定哪些情报可以泄露给敌人呢？显然，英国军事情报第五处是无权做出这种决定的。又如，一个间谍，如果敌人给他的任务是来搜集某一种飞机的情报，为此他事先专门地接受了航空方面的训练，后来他又被安置在一个德国人认为是可以完全接近情报来源的所在，至少可以部分接近。在这种情况下，对于敌人索取的情报，完全置之不理是不行的，除非他不想再干了。也就是说，给敌人以必要的回答是斗争中不可避免的。但另一方面，他所提供给敌方的情报，其价值绝对不应超过他可能从敌人那儿得到的东西。在每个案件中，都应该很好地权衡利弊，算一算轻重得失。而能够做出这种权衡和估量的必须是对间谍的潜力与能量有深刻了解并且是精通业务和技术的人。

在实践中我们摸索了解决这些困难的方法。一九四一年一月，双十委员会（国防部的直属单位）开始活动，每周召开例会，一直到一九四五年五月。成立这个委员会的实际目的是决定哪些情报可以无所顾忌地发给敌人，哪些则不能给。也就是说，首先应当估量一下，给敌人一件情报，对我们自己可能造成什么危害，又可能换回什么来。其次，这个委员会很像证券交易所，要像研究和对比各种股票行情那样不断研究我们控制中的各个间谍，要对他们每个人进行一贯地连续地考察。在同敌人的交通联系方面，必须避免一切明显的矛盾，因为敌人也会不断地研究和考察这些间谍。如果各个间谍之间在同一问题上的说法互有矛盾，特别是有较大的矛盾出现时，那么德国人很可能不再相信某甲或不再相信某乙，也许对两人都不再信任，何况他们还可以从其他来源上进行核对，如从空中侦察、从公开的报刊新闻或从战俘口供中进行印证，如果发现间谍所报情报不实，那么就会对这个间谍的忠实程度产生怀疑甚至予以清洗。但另一方面，我方控制下的间谍在向敌人发出情报时，既要防止互相矛盾，又要注意彼此间不要一模一样，同出一辙，这样也容易露出破绽。最后，双十委员会可以研究和归纳各个有关单位的具体需要，必要时在他们当中进行一些调整，以便协调一致，共同对敌。

关于间谍与敌人的交通联系，只要我们不想把他扔给敌人，那么必然的结果就是要由国内安全科肩负起艰巨的任务以进行协调、准备和研究分析等工作。前面已经谈过，我们必须牢记一条原则，那就是发给敌人的任何情报，都必须毫无例外地经过双十委员会的审核与批准。也有人主张，军事情报第五处，由于其工作特点，可以不受这条规定限制，但这样就会乱了套，不利于统一对敌。必须看到，掌握情报是否可以发给敌人的批准权，这是件有风险的勾当，是一种危险的权力。战争期间搞这种同敌人打交道的把戏，如同每天玩火药一样危险。幸亏有双十委员会出面承担最后责任，否则有许多事都是搞不成功的。经验证明，行使这种权力的机构，级别越高越好。我们行使这种批准权是掌握在国防部和情报部长或由他们指定的代表所组成的双十委员会手中的，如果级别再低一些，就无法完成这项使命了。在进行大规模的欺骗敌人活动时，甚至还需要更高级部门的直接领导，有的需要由总参谋长亲自指挥、亲自对一些重大措施做出决策。

  所有这一切，都不可能由军情五处单独进行，其他单位有此要求也不行。但尽管如此，有一点很清楚，即五处这个单位是在英国的特定条件下经营两面间谍工作的最恰当的单位，只有他们能够把这项工作搞得很成功、很有效率。可以举出一些事实为证：首先，不用多说，在战争期间要搞两面间谍这项复杂工作，必须得到许多单位的密切合作并能得到他们的完全信任才行，也就是说，他们的工作人员必须具备这种工作水平和才能。五处担负这项工作最合适，因为他们同许多有关单位保持着密切的相互协作关系，并在协作中态度公正，能替别人着想。第二点也是清楚的，掌管两面间谍工作的部门，必须是对德国秘密情报局有深切了解和有大量研究的单位，如果由其他单位来搞这项工作，很可能由于对敌人的人事组织、工作方法和手法特点等不那么了解而发生指导上的错误。此外，五处是负责国内安全和反间谍斗争任务的，而两面间谍工作应该首先着眼于反间谍工作的需要，其他单位则容易被国外工作特别是被欺骗诱敌工作的辉煌成就所吸

引而忽略了反间谍工作。

事实上,经验证明,通过两面间谍来搞欺骗敌人的活动,最好是建立在反间谍工作的基础上并且是以反间谍工作为目的而发展起来的。如果把目的单纯地局限在欺骗活动上,可以肯定,会对间谍过早过快地投入使用,并在获得一些短暂的成功以后,就可能舍掉了老本。举个例子,一位海军军官,坚持己见要不顾一切地马上利用一个间谍,因为据说此人能够获取一些保护我舰艇和摧毁敌潜艇方面的情报;对于同样一个案子,一位五处的军官则不会这样轻率,他要建立和培养这个间谍,再经过一定时间的考察,在能够防止牺牲自己并能获取最大利益的前提下才投入活动。

现在看来,那些进行欺骗敌人活动并具有高水平的最好的间谍都是所谓长期间谍,他们都是经过较长时间的培养训练,经过一定的考验之后才用于欺骗活动的。可以得出这样的结论,在我国只有军情五处最适合经营两面间谍工作。至于各军种情报局,由于职责关系,只能各有偏重。如果一个潜入的间谍负有陆、海、空三军的情报任务,而如果这项工作由某个军种情报部来指挥,其必然结果多半只能侧重于与他们有关的军种情报而忽视其他。大部分间谍在最初领受任务时,都是比较广泛和笼统的,但经过一段实践以后,就会表现出差异来,根据不同条件可能在某一方面有所擅长,因此领导机关就应该因势利导,善于区别情况把他们分别引导到最能发挥所长之处。

在这项工作上,军情六处是不能代替五处的工作的。六处的主要任务是从海外搜集情报，是通过派遣工作从敌人内部获取准确可靠的情报。当然，两面间谍是有条件从敌人内部获取情报的，但除了搜集情报之外，他们也有良好条件去从事其他活动。六处和其他军种情报部差不多，也会急于求成，为了获取眼前的情报效果而忽视长期经营和暂时可能不见效但符合最高利益的那种案件。经常有这种情形，即在两面间谍案件进行过程中，突然发现有打入敌人内部获取情报的机会，往往就会放弃其他一切目标而去捞取眼前的这些利益。其实，水面上漂浮着一块骨头未必真正有油水，情报工作上的丰收可以在一个很短的时间内实现，但一个两面间谍的长期作用也可能毁于一旦。例如，有些间谍本来预期在"D日"（大规模进攻开始日，即一九四四年六月六日盟军反攻欧陆的那一天）大规模的欺骗敌人行动中可以扮演一个重要角色，但由于过早暴露因而在最需要的时候却失掉了作用。

谈了许多理论方面的事，而从实际工作考虑就会使人更加强烈地感到只有五处才能担负两面间谍这项工作，因为经营管理两面间谍工作是一个长期的、极为费力的和极其复杂的任务，它不能由其他情报部门作为一项附属事业来兼管一下，必须由五处来搞。五处有一个科，配备有足够多的业务精通的军官、秘书人员和助理人员，他们都是专职从事这项工作的，这个科即国内安全科，在本书第四章中有专门介绍，这里只是简要说明一下它们的性质。

必须强调指出，把一个科的全都精力与全部工作投入到这项任务中，这是极为重要的，必须专职专办而不是让其他部门捎带兼管。国内安全科是五处的一个直属单位，随时能得到五处的有力指导。试想，一个间谍一般都是在非正常状态下潜入我国的，在他的立场地位转变以前我们不能从他身上有所收益，而促使他的转变往往需要相当复杂和大量的工作，要等待他降陆，也许他拒绝降陆而自寻死路。在他过来以后，要替他准备这里的身份证、必要的文件、食品配售证、服装购买证等，要为他准备住房、布置警卫或监视力量。一句话，要为他安排一切生活，也要为他编造一套掩护身份的说法，以便防止周围的群众问这问那，防止有人由于怀疑而散布流言蜚语，因为消息一经传播就不易挽回。所有这一切具体工作都需要高速度和高效率来完成，只有五处人员能够熟练地搞定这一切，他们能够与有关单位如警察局、苏格兰场（侦探部）、内政部和中央注册处等各有关单位密切合作，互相配合。

此外，由于这种工作是必须保密的，任何暴露都能毁掉一切，因此在整个建立培植的过程中都必须秘密地慎重地进行，直到这个工作的最后阶段都是如此。举例来说，一个空投特务打算背叛他的德国主子而转为我们效劳时，对于他我们就必须有一个自始至终全面掌握案情的军官来管理和组织他的整个工作，需要有个无线电报务员负责收听和发出他的情报，需要有至少两名警卫来对他进行监视，因为没有一个人能够二十四小时连续不断地值勤，因此即使两个人干这项差使也是很紧张的。还需要有一个军官配备一辆汽车记录和整理他的情报，还需要有个能干的公务员为这些人准备饭菜、照料生活等。其他任何普通的政府机关都会对这些琐碎的安排感到厌烦，而在一个间谍的建立培养过程中正会遇到许多其他难以预料的问题，只有五处这样的秘密机关才能胜任这种工作。

两面间谍工作所涉及的行政事务问题是多方面的并且是复杂的，往往会使人感到压力很大，特别在有的时候，也许两三个案件同时遭到失败，许多人由此失业迫切需要安置，同时也许又有两三个新的案件突然发生，需要有一整套训练有素的人马立即上去进行配合。作为一个经营两面间谍的专门机关，光在财政经济开支上就不可能完全公开（使用这个字眼并不想贬低任何人）。固然，就一般来说，敌人对所派间谍的活动费用是会源源不断供应的，但有时候也需要我们贴补流水般的巨款。德国人在一九四〇年到一九四五年间花费在海外间谍工作上的费用大约为八万五千英镑。经济学家也许会由于这项工作引起的经济得失而喋喋不休，但这个数目至少表明德国人对于他们的间谍情报工作是多么重视，同时也说明我们的国内安全科在这方面经常花一些钱是多么必要。

越是深入分析，我们越会进一步认识到，在战争时期，两面间谍工作必须由一个完全秘密的或至少是部分秘密的、具有相当规模的、经过高度训练的并且是全心全意地致力于这项工作的机构来担任。前面已经说过，由于工作责任重大，一些关键性岗位必须由级别较高的军官来担任。现在还要补充一点，即不仅级别要适当，而且他所受过的训练也应与之相称，必须是精通业务的领导人员。我们还必须培养教育我们的工作人员，而这种培养教育只能在一个具有大量关于两面间谍工作的情报和资料并且能从各种角度来探讨和实践这种工作的部门中进行。在这个部门里，经常有一些涉及政策的问题需要做出决断。一个间谍，在原始材料中也许被描绘得很出色、很有工作条件，但由于他在被捕时暴露面太大，有一些多嘴多舌的人在场或由于有不少人了解他的来历因而也不能再对他进行使用。还有些人则要一面使用、一面观察再说，因为在开始时很难说究竟谁可能发挥作用，因此考验一段时间是必要的，尽管考验的结果往往是多数不及格，但这也值得，因为毕竟有些是成功并且具有重大收获的。所有的案件，不论是成功的还是失败的，都要耗费许多的人力物力，必须有足够的力量来保证这项工作的完成。

在下面的章节中，将要谈到许多富有成果的案件在开始时往往被认为毫无希望甚至准备放弃。对国内安全科来说，谁也不会知道究竟有多少本来是有经营价值的案件由于意外事故或由于其他案件的竞争而予以放弃。试想，加宝案件的全部过程就像一首优美的散文诗一样动人，再看看塔特每次发出的那些简洁刚劲的电文，真会使人不无伤感地想到，这些无声无息的、毫无光彩的人们，不论他们有什么样的才华和文采，只能是默默无闻的。不论在汉堡还是里斯本，不会有任何一个出版商出版他们的著作。

在这方面的斗争中，国内安全科总结了几条关于两面间谍工作的原则。实践证明这些原则是正确的，现列举如下：

第一点，也是最重要的一条原则，即任何发往敌方的东西都必须有我方权威当局的书面批准，这一点已在前面说过了。

第二点，两面间谍经过初步调查以后，如果确认有较好的工作条件，只要情况允许就应该准予使用。但是这种使用条件必须顺其自然，不能去硬造。如果一个人声称他能满足我们的要求，说他可以接近敌人并被敌人所录用时，这样的人也许我们会用他。但事实上当我们把一个对象有意地放在德国人面前，等待他们来发展时，往往却是失败的。这是我们在两面间谍工作中积累的一个教训。实际的两面间谍案件只能产生于具备转变条件的间谍身上而不能凭空地制造出来。假定说有这样一个英国人，早年生活在德国，在德国有商业利益并有亲属居住，还假定说这个人确实有实际原因使他对英国政府不太满意，他也许曾被英国军队开除或由于违法而受到英国法庭的惩处，也许他曾在战前参加过某种法西斯组织，等等。尽管这些，他在表面上仍然可能是个爱国的英国公民，把这样一个人放在中立国家里，是不是德国人就会找上门来发展他呢？要是用这种诱饵来钓敌人的胃口那多半是不会成功的。

这也许有些令人不解，但实际情况就是如此。看来德国人并不想从我们手中录用第一流人才，而宁愿录用他们自己选定的第二流人才。我们发现，德国人往往是非常幼稚地迷信于自己间谍的价值，有时甚至到了顽固和不可理喻的地步。在德国特工头子看来，一个间谍最主要的工作条件就是这个间谍是由他亲自选定和发展的。当然这里面是有原因的，按照德国阿勃韦尔机关的规定，他们的每个成员都可以发展和管理一名间谍。这就难怪有许多阿勃韦尔成员把自己的威信也许还有额外收入的希望寄托在自己所管的间谍身上。因此，如果有个两面间谍受到敌方怀疑和审查时，出面替他辩护的往往不是别人而正是他的直接领导人，他们往往不顾一切地反对柏林方面所提出的怀疑和问题。

德国间谍制度上的这种弱点早在战争初期我们就看到了，但从另一个角度上也反映了我们自己的弱点。在英国，所有的间谍都是统一管理的，尽管如此，一个事业心极强的掌握案件的军官往往容易沉醉于自己主管的案件是那么重要和完美无瑕，不会心甘情愿地充当从属地位的配角，对整体利益的考虑就很不够了。我们认为，在下次战争中，德国人也许会改进他们的工作制度，但作为过去的一个实际经验，我们坚信：案件只能顺其自然地在已有的基础上产生而不能人为地去创造。

第三个原则是一个两面间谍应该在可能的范围内像一个真的敌方间谍那样生活和活动。举例来说，我们控制下的一个两面间谍接到其德国主子的指示要他去观察和报告关于沃尔弗汉普顿地区一家工厂的情况。我们应该这样安排，叫这个间谍在答复其德国主子以前实际去现场看看。如果他自己实在不能去，也应派个人代表他去进行实地观察。在实地观察过程中要像一个真的间谍那样活动，要时刻注意自己的安全和隐蔽，观察所得的情报应该是不多不少、恰如其分的，根据实地观察而写的情报就必然显得非常真实。

一切要逼真，这是一条原则，在任何其他环节上也应如此。例如，一个间谍，如果他声称已在英国发展了一个关系，那他在实际上就应该与这个人有过接触。如果从来没有见过面，那么日后他在中立国家接头、受到德国人的审查时，肯定会露出马脚的，因为没有一个人能够天衣无缝地把谎言说得和真话一样。如果德国人叫他具体地描绘一下他所发展的对象是个什么样的人，如果他确实见过这个人，那他就不会感到任何困难和犹豫了。

当你审讯一些德国派遣间谍关于他们穿越火线的经过时，如果没有亲身经历过，那他们就不可能说得很清楚。一个间谍可以硬说他是经由法国和西班牙逃到英国来的，他对于这个捏造的故事在开始时也许能说得天花乱坠，但实际上他并没有从那条唯一的逃生路线爬行过来，那么他用不了多久就会瞠目结舌，说得驴唇不对马嘴而完全陷入窘境。审讯员可以这样问他："然后你来到一条小河，是不是？""好，那么告诉我，你是乘什么样的小船划过河的，那个划船的人是什么样子？"那个可怜的傻瓜也许会顺竿爬，按照他丰富的想象力来描绘划船人的样子。实际上，他再也不会想到应该马上这样回答："根本没有什么小船，我是从桥上走过来的！"除非有亲身经历，否则谁也无法逃避这种圈套。

就广义来说，这条原则适用于一切事实可能进行验证查对的地方。当客观上有必要必须说谎时，这个谎言也必须建立在过去的某些事实的基础上，也就是说要真真假假而不完全是凭空捏造。再有，如果一个间谍是深受其主子重视的，那就应该尽可能地执行他的德国主子的命令。（假如他的任务是刺探关于航空工业的情报，那么他在日后向敌人汇报并应付敌人的盘问时，不要

老书新刊 之 谍战系列

设法回避敌人的一切问题，而应该按照我们所愿意回答的那一部分尽情发挥，滔滔不绝，用这种办法来避开我们不愿透露的问题。）一个两面间谍发现德国人总是缠住他喋喋不休地盘问关于他的活动地区内东英吉利的英军集中情况，或问得很具体，很难避而不答时，于是他就急中生智把话题岔开了，他说听到一个消息也许是谣言，据说在苏格兰地区发现有重要的部队移动，他自告奋勇建议派他去实地观察一下，德国人对此真是求之不得，当然不会拒绝。看来，一个间谍经常注意保持住敌人对他的一贯良好印象是很必要的，如果态度暧昧，躲躲闪闪，在敌人面前总是采取消极防守政策，那么迟早会发生麻烦也许会招致案件失败。

进而言之，要使一个间谍在敌人心目中维持良好印象，这需要在我方有相当远见和预见性的领导。不能只看一时或灵机一动而任意改变一个间谍的既定计划。例如，在四月间我们将一个间谍从南安普敦地区调到阿伯丁地区来，理由是到八月间在阿伯丁可能更易于获取情报，但实际上事物的发展不可能都按照我们预料的那样，环境经常在发生变化，许多事件都可能阻碍或延缓我们的计划。因此，一个间谍只要是经过周密计划而安排妥当后，就应该在既定的岗位上准确地分析判断形势，而不要轻易地变更部署，使他无所适从。为了迎接反攻欧陆而准备部署大规模的欺骗敌人计划时，我们只是向所属人员提出了这样一个问题："当反攻日开始的那一天（究竟哪一天不清楚），你是否有把握将你的可靠人员（你认为是可靠的，同样德国人也认为是可靠的）都能部署在最能发挥作用的地区和部位上（我们现在也说不清楚应该是什么地区和什么部位）？"我们虽然向下级这样地提出了问题，但实际上仍然要替他们准备好必要的机动岗位，这也就是狡兔三窟的原则，因为万一我们的分析判断有错误时，我们的人仍然可以在不同的机动岗位上继续发挥作用。

第四个基本原则是掌握案件的军官必须明确分工，对每个案件负完全责任。掌握案件的军官要对他所管的每个间谍的全部活动和细节完全了如指掌，特别在有些案件中使用电台与敌人联系周旋，往往需要马上做出反应或答复，要适当地妥善地回答这些问题就必须自始至终地了解和熟悉全部案情，包括过去发生的一些细节也要点滴不漏。因此，掌握案件的军官就要同间谍一样完全投身于案件之中，像一个人一样。他应该很自然地提出："X在这个星期该向我们要钱了，因为三个星期以前他身上就只剩二十英镑了！"或者说："可以完全肯定 X 这次在吉尔福德地区能够得到关于敌军坦克的重要情报，他受过识别坦克的专门训练，去年一月曾获得这方面的高质量情报！"这样事无巨细，完全了解。可以说，我们的情报组织之所以有力量正是因为我们拥有这样一批认真负责、兢兢业业的掌握案件的军官，他们一心盯在案件上，一刻也不松懈，而任何松懈，哪怕是短暂的，都可能引起全部工作的失败。

掌握案件的军官必须把自己完全融入到案件中去，他对他所领导的间谍人员要将心比心，感同身受，用他的眼睛来看，用他的耳朵来听，在危险中分担紧张和忧虑，在胜利中分享欢乐。因此，在那些最成功的案件中，掌握案件的军官同所领导的间谍人员几乎都融合得像一个人一样，许多最好的、最切实际的工作建议都是掌握案件的军官提出来的。

尽管如此，正如前面谈过的，在这种做法之中也潜藏着危机，因为对一个具体案件最为有利的事未必是对整个两面间谍系统都有利的事。换句话说，在局部看来是可行的，在整体看来未必是可行的。为了整体的利益，有时不得不要求局部做出牺牲和让路，在这种情况下，往往就会同掌握案件的军官的利益和愿望发生矛盾与冲突。因此在未来战争中，如果重新建立两面间谍系统时，一定不能忘记决定每个案件的方针政策等大权必须且只能掌握在处以上的领导人手中，而不能由掌握案件的军官本身来定，当然领导人也必须从掌握案件的军官那里征求意见和了解具体情况。还有一条也是同样重要的，即掌握案件的军官不宜负担过重，不应管太多的案件。曾经发生过这样的事，即由于精力不集中或正在考虑其他案件时，在另一个案件上则发生了问题。经验证明，一个军官不应同时掌握两个以上的重要案件，从理论上说，最好一个人只管一个案子。如果他过于轻闲，也可以着手熟悉和兼管其他案件，那只是为了便于对比和在必要时接替这个案件的工作而已。

第五个原则是与上面这条原则有紧密关联的一条，即应该对每个间谍人员进行细致的心理考察。这种工作一半由掌握案件的军官来做，一半由处长亲自来做。这对于两面间谍工作也是非常重要的。一个间谍刚刚被捕时，为了保存生命而向我们投降，但过了几个月，他的思想可能渐渐发生变化，也许感到后悔，觉得向我们投降是卑鄙的背叛行为，这样他就会宁愿死去也不愿继续与我们合作，对这种人必须小心地进行观察，以防止他突然倒戈。有些间谍与我们合作完全出于实用主义的原因，如有个间谍对我们说了真话，他同我们合作的原因仅仅是为了能在将来继承他已故祖母在英国留给他的一片土地。这个人曾为我们出过很大力，但如果不了解其真实动机，也许会把他当作英雄而吹捧到天上。

　　总的来说，一个间谍在思想上由极权主义国家那一套束缚之中逐渐向好的方面转变对我们显然是有利的。因为如果他真诚愿意为我们工作并在工作中发挥主动性将具有很大价值。他们是同敌人直接周旋、直接打交道的，因此最能提出切合实际的批评建议，问题是他必须出于自愿而不是被迫。还有一种情况，有的间谍已经实际上为我们工作了，但在他心中还时时惦念着仍在敌人区域内的家属亲友，也不能不反复思量他究竟在为什么人和为什么事业而献身并甘冒风险的问题。因此我们在经营这些案件中，对他们每个人的个性特点都应缜密地进行研究，在他们提出一些个人要求时，尽管有些要求也许有点过分，我们都应在可能的范围内最大限度地予以满足，否则就很难使他们心悦诚服、尽心竭力地为我们做事。事实上几乎所有的两面间谍在心理上都容易产生颓废情绪、喜怒无常和有时陷于悔恨彷徨的苦恼之中，他们越是闲暇无事，就越容易胡思乱想，所以应该尽量给他们安排一些事情干，叫他们忙起来，除了情报活动以外总得有点事情给他们做才好。

在对间谍人员心理上采取的措施中，不应忽视宣传工作在促使他们思想转变方面所起的作用。有人硬说两面间谍工作与宣传工作毫无关系，也不应该有任何联系，这种说法是不能成立的。从长远的观点看问题，一个国家如果能够宽厚仁慈地对待敌国战俘，肯定可以从中得到莫大好处，每一个受到良好待遇的战俘都会或多或少地替我们说好话的，因此有些纳粹间谍真心实意地转向我们是应该受到欢迎的。德国情报机关有较多机会了解我国的一些实情，他们能够经常看到关于我国士气高昂的报告材料，也能看到关于实际轰炸效果的报告材料。读了这些真实报告，肯定会对人产生一定的也许是相当的影响，如果从实际上看到了大不列颠人民抗战到底和争取最后胜利的决心和气概，那么心里就应该明白德国人在这场战争中已经是输定了。

不幸的是在战争期间德国阿勃韦尔机关的威信不高，他们不管提出什么建议都不会有太大的分量。当然在未来的战争中，类似阿勃韦尔那样的机关肯定是会受到重视并且能够起作用的，必须考虑到宣传工作对敌方情报机关施加影响的问题。为此目的，政治作战执行局或类似的机构在未来的战争中也应该做出比这次大战更为活跃和卓有成效的成果来。不论怎么说，我们无法否认在这次大战中我们实际上没有把政治作战作为一项有力武器来发挥它应有的作用。

第六个原则是应该尽快地制定一个为每个间谍人员安排优厚的经济报酬的规定，做出这种安排应该越快越好。对于凡属自愿为我们工作的间谍人员，应该允许他们从德国人拨来的特工经费中提取一定的份额归他个人所有、由他任意支配，特别是当敌人有大量拨款时更应如此。这种物质刺激可以鼓励间谍人员更加积极地为我们工作，可以激发他们的主动性，使他们多出主意，提出建议。如果我们对所用的间谍不给予优厚的物质待遇，他很容易发生不满情绪，特别是当他亲眼看到本来是拨给他的活动经费都被我们拿走时更容易产生这种想法。当然必须对他们抓紧教育，使他们认识到，如果不是为我们工作并受到我们的保护，不是有我们经营这些案件，那么他连一分钱也得不到。因此从一开始就应该叫他懂得一切收入本来完全应该属于我们而不是属于他的，而且仅仅是因为他同我们合作，我们才批准他分享其中一定的份额。在这次大战中，德国人在间谍活动方面支付了大量费用，几乎连我们的两面间谍单位都可以完全花他们的钱而且还绰绰有余，他们对每个间谍人员的物质待遇是从来没有吝惜过的。

第七条原则是在案件开始时，必须能够迅速地做出决断，为了不失时机，甚至不怕冒风险。这种迅速决断的必要性是用不着多作解释的，不能设想德国人会对一个派出的间谍几个星期不联系，一声不吭，也没有令人信服的解释而竟然不加怀疑。在这个问题上，正直行为同说真话往往是很难调和的。几乎所有刚刚被捕的敌方间谍对我们都抱有怀疑和勉强，他们在供述当中总是要想方设法保留一些问题不向我们透露，保留他个人的某些情况，也保留大部分他所知道的情报，因为在开始阶段他们还必然心怀侥幸，也许认为还能逃回，因此不能不替自己的将来着想而留点余地。因此，在没有全面、彻底、系统地弄清一个间谍的历史、背景、经历及与德国人的具体关系以前，贸然使用这个间谍是十分危险的，他很可能在最初与敌方的通讯联系中就已暗中向敌人告密了，他们很可能有事先约定好的报警信号，对此他是不会轻易透露的，只有经过一个时期在他认清我们比德国人待他更好时才会谈出真相，但可能已经为时过晚了。我们还发现，使用电台的间谍，在接受报务训练期间，德国人往往都将他的拍报手法录了音，留记了识别暗号，因此在逆用电台时，最好由这个间谍亲自发报较为适宜，因为一个人的拍报手法与特点是很容易使人辨认的，冒充顶替是很困难的。

同样必要的是应该尽早地调查清楚间谍的全部历史，这对于全面了解对象和放手使用是十分必要的。任何隐瞒或编造的历史都迟早会被发现的，我们对于间谍的全部历史了解得越透彻、清楚，就越能更好地使用他并避免可能发生的错误。

据此，从理论上说，对于一个间谍的历史在未审查清楚以前不应盲目使用；而从实际上说，要在最短的时间内完成这种审查又似乎是不可能的。因此，在保证万无一失与保证不失时机两者之间总是要设法平衡的。这就是说，在大体上基本弄清以后就只好冒些风险，着手使用。为了防止万一受骗发生错误，最好在他发往敌方的信上如日期、签名或其他容易带有报警信号的地方略加改变，以防止可能的报警。幸亏德国人在战争期间基本上没有使用音响设备而只是使用了电台，而他们这些特工电台几乎全部是在我方专家协助下才能通电联系的。我们可以很容易地先叫间谍用电台与敌方联系一次，让对方放心，然后借口机件故障，暂停联系，我们可以借此时间完成对间谍的必要调查。

上面提到的这些困难不包括那些没有电台仅仅使用通信联络的案件。因为信件上的日期可以加工改变，只要把写信和发信的日期变动一下，就不难赢得一些时间来搞必要的调查。总之在使用之前，要尽早弄清历史这个问题，否则多半会妨害在战场上和局部解放地区两面间谍的运用，因为在战场上和局部解放地区是很难进行这种调查的。

第八条原则是一个普通的常识，即在反间谍工作中所取得的胜利，抓捕了敌方间谍等，并不是由于什么特殊的天才，也不是由于侦探的灵敏嗅觉，而主要是靠精心细致地钻研材料。在两面间谍案件中也同样如此，即全面细致地钻研材料可以使掌握案件的军官以及处、科领导人员在间谍身上不犯或少犯错误。任何人都不容易确凿无误地回忆起六个月前所发生的一切，只有详细的工作报告能够帮助间谍防止发生错误，他们在和德国人的周旋过程中必须前后一致，不露破绽才行，否则就会马上引起怀疑。因此，间谍与敌我双方的各种联系都必须有精确的记载，并应经常研究这些材料。记载应包括与有关人员的对话、旅行、各种活动等，对于编造的故事更要详细记载，以保持前后一致，像真的一样。

也有另外一种说法，在案件经营方面，有人提出第二次世界大战中我们在间谍情报工作方面的档案过于浩繁和琐碎了，有时为了搞一个案件，不得不一头扎进无边无际的烦琐的档案堆里，浪费了很多的精力与时间，其实有些过细的档案材料完全可以列出简明的提纲,使人一目了然;有些不必要的或重复的材料可以销毁,可以用简明扼要的纸条来代替啰唆的大块文章。在需要查对时,应备有科学的索引,能立即指出所需要的材料在什么地方,如说在史诺案卷第三十五卷或在加宝案卷第五十卷等,这种科学的整理与保管档案可以大大节省时间,提高工作效率。

第九条几乎在所有的情报工作中已经成为普遍遵守的原则了,这就是每个间谍人员应该尽可能地保持单独活动而且应竭力避免与其他间谍发生横向的联系。在实际运用这条原则时,我们从德国人那里得到不少启示。任何间谍在活动中对于进行横向的联系都必然会有顾虑,感到胆怯。但是领导他们的德国人又偏偏总是不愿意叫他们穿越火线来进行直接汇报,不愿意叫他们往返于敌我区之间,在这种情况下,有些横向的联系就变得无法避免了。按照我们的观点,一个间谍如果遇到了危险,应该尽量不要波及旁人。我们每次派出间谍去执行危险使命时,总要在事先考虑到万一不幸出事可能会影响到的范围。事实上,间谍工作完全避免横向的联系是不可能的,因此在危险关头,一个间谍能不能保守机密就成为考验其忠诚的主要标志。对有些间谍不能不规定在万一必要时从何处领取活动经费,于是互相牵扯就更无法避免了。我们只能这样说,横向的联系必须缩小到"完全必要"这个限度上。

第十条原则是关于采取冒险措施的,这在两面间谍工作中是个有争议的问题。我们可以把一些错误的和假编的情报故意发给敌人,这种欺骗可以进行到什么程度才不致影响有关的间谍人员的安全？对这种问题谁也无法回答。但我们的经验却无可置辩地表明我们的主要缺点不是过分冒险而是过于拘谨，缩手缩脚。当然，在一定时期里，应该考虑到德国人在我们这里可能还有未被发现的潜伏间谍在继续活动，这些潜伏间谍可以核对我们发出的情报是否确实，因此我们不应滥发假情报，但是后来当我们发现德国人在核对情报方面表现低能以后，我们就应该放开胆子敢于冒险。过去总认为，有些假情报如果发出去，搞不好会使我们的间谍遭殃，实际并不尽然，原因是多方面的。

首先，一个间谍将情报发给了他的领导人，他的领导人又要转报上级，往往来不及核对内容就必须上报。如果在情报内容上有明显的矛盾和错误，上级机关是有条件发现的，但在上报的材料中一般不注明情报是来自何人，因为一个德国间谍领导人最关切的是他个人的威信和利益。他也许搞了一些"虚构"的情报人员，徒有其名而无其人，也许确有其人，但不管怎样，只要上级机关发生了怀疑，那么出面解释和辩护的正是间谍领导人，也许是为了维护个人威信，也许是为了其他个人利益，反正他会出面为他领导的间谍进行申辩的。

同样一份情报，到了德国人手中，从来不像在我们这里受到那样的挑剔和吹毛求疵。关于挪威问题的欺骗行动一事就足以说明问题了。我们曾利用一切机会放出即将入侵挪威的信息，我们估计德国人可能会受骗上当，而且最后参与这项活动的间谍也免不了倒霉垮台，但事实的发展并非如此。因为一个间谍有责任汇报事实，他报告了敌军在集中，报告了在一定区域内正在征集登陆用的船舶等,这些情报就使德国人确信入侵已经迫在眉睫,并为此做了相应的部署。最后,这场欺骗敌人的活动取得了完全的成功,但是提供骗人情报的间谍并没有像我们担心的那样受到任何制裁,因为德国人自己为他们做了种种有利的解释,唯独没有想到这些间谍已经为我们所用,德国特工领导人可能说这些间谍由于误会而夸大了所目击的现象,也许是确有入侵计划但后来被取消了,也许是他们的忠实的间谍受到英国人的愚弄而上当受骗了,他们所报告的所谓登陆舰艇集中等情报可能确有其事,只不过这些船是假模型而已。总之,各种原谅的理由都想到了,于是一个多年来一直在欺骗德国人的间谍居然被德国人始终认为是忠心耿耿的情报人员。

简言之,一个间谍一旦受到德国人的重视就很难离间他或破坏他的地位。有一次,我们故意在一个间谍身上搞得漏洞百出,目的是想使德国人看出他已被我方控制使用了,我们的目的也是想给敌人一个错觉即我们在这方面似乎十分笨拙,同时想借此来转移视线,掩护其他案件,使德国人相信其余那些可能没有问题。但是我们的目的没有达到,因为这个漏洞百出的靶子一直没有引起德国人的怀疑,德国人仍然认为他是忠诚可靠的。

一个间谍的地位不是那么容易动摇的,这个事实又给了我们一个启示,那就是在对两面间谍使用时,应当尽可能地避免干那种无法挽回的孤注一掷的事情,因为你很难设想每个案件的发展前景究竟会怎样,在案件进行过程中,我们常常会在某些时候想搞一下冒险性活动,打算借此推动工作进展或扭转迟迟不能进展的局面，每当这个时候，就更需要冷静和谨慎从事，绝不能轻易搞那些无法挽回的一锤子买卖，只要有坚持下去的毅力，许多工作就会出人意料地由被动转为主动。

我们不能忘记，德国情报机关对我们的实际情况是捉摸不定和不完全了解的，我们对他们也是如此。我们也许会设想阿勃韦尔机关有一位姓"Y"的军官在阅看两面间谍"X"的档案材料时很可能会发现漏洞并对"X"产生怀疑。在这种假想之下我们就容易忽略那些看来是次要的但实际上却能改变事物性质的其他因素。例如，也许这位军官"Y"突然被调离去前线了，也许他所阅看的档案材料在一场空袭中被炸烧毁了，也许这位军官或者他的助手都是毫无办事能力的笨蛋，总之我们原来意料中的事未必发生，没有预料的事倒可能起作用。因此，在近乎绝望的环境中争取死里求生，化险为夷，这是在间谍斗智中的一项重要艺术。但是要做到这一点就需要有耐性，有自信心和勇气去面对开始时不利的局面。梅尔本爵士曾说过："当有人慌慌张张地喊叫必须马上做什么时，我就猜出来他多半要干出一些蠢事来。"在时机还不成熟时打算采取措施，争取化险为夷是不易做到的，但无疑这是一条重要的原则。

另外一条必须遵守的原则是，在征募两面间谍时必须重质而不重量。也许这是不言自明的，因为掌握案件的军官数量有限，实际上不可能分担过多的案件；而且滥求数量的结果，只能招致敌方的怀疑而造成因小失大的恶果。我们这里强调质量问题主要是对高级间谍而言。必须弄清所谓高级间谍的含义。有一种看法是错误的，即认为那些与敌方内阁部长或外交部高级官员或高级参谋人员有私人友谊的人具备充当高级间谍的资格。实际未必尽然。事实证明，在外交谈话和同大使馆打交道时，我们常常不知不觉地被谎言与欺骗所包围。德国总参谋部的军官需要的是确凿而具体的事实，只有坚信事实，才能提高他的个人身价。因此，对于一个德国参谋军官来说，他宁肯重视这样的情报，如有若干师团已由某地转移到北方海港，或者说他们当中有多少部队受过山地作战的特种训练，或者说他们配备了北冰洋地区的防寒装备等，对于这类具体事实，他们是高度重视的，他们不大愿意听那种如"内阁某某爵士告诉我一件绝密消息，总参谋部已讨论决定对挪威发动入侵"等这类耸人听闻而不着边际的小道消息。

由此看来，所谓高级间谍在社会地位上倒不一定是上层甚至可能是个低级别的人。一个水手或一个普通的无线电报务员往往能够获取重要情报，所起的作用也许远远超过久经训练的专家或干练的间谍。确定一个间谍的级别高低，必须考虑两个条件。第一要看他是否深受敌方信任，第二要看他所处的位置是否能够接近真正的机密。必须同时具备这两个条件，缺一不可。

最后，特别是在战争后期，我们感到应该补充这样一条，即那些表演得越是逼真、提供情报越是接近事实的间谍往往就是越能发挥重大作用的间谍。在这个意义上，那些虚构的、有名无实的间谍只能起一点配合作用罢了，这从加宝案件上我们是深有体会的。

战争——按照克劳塞维茨的名言，是"和平手段的继续"，那么同样正确的也可以说和平只是在孕育着另一场战争。反间谍工作必须毫不间断地继续进行下去，无论是在和平时期还是在战争时期都毫无例外。但是反间谍工作绝不是也永远不可能在短短几年内完全建立起来。罗斯伯里爵士说过："外交政策对于不同的国家来说有着不同的重要性，但对于任何国家来说，外交政策都是必要的和不可缺少的，这一点是毫无例外的，正像沿着同一条航线行驶的轮船和穿着同样制服的人物一样，毫无二致。"这项原则也同样适用于反间谍工作，必须时刻保持戒备，不能有任何停顿。要准备好对付任何国家的情报工作，只要这个国家搞情报活动，不论他是盟友还是敌人，都要有所准备才行。

反间谍工作无论组织得怎样完美，无论效能怎么高超，都不可能完全防止敌方的情报活动，但可以做到深入了解对方的一切活动并具备随时打击敌人的条件。就像一个公认的道理一样，一个最能干的警官就在于他手下耳目灵通。美国人有一条经验，他们能够摧毁任何非法组织，秘诀就在于他们同所有这些地下组织都能保持最成功的联系。要想抓住敌人的情报组织，一条最重要的经验就是尽一切可能在敌人内部埋伏力量，这样就可以把他们的工作方法、意图打算、组织人事情况等都了解得一清二楚，当然为了实现这些目标，最好使用两面间谍。我们最后可以用一句话来概括全部事实，无论在平时还是在战时，建立一套精心组织的两面间谍系统是反间谍工作中最可靠、最有效的武器。这套两面间谍系统最能适应不断变化着的敌情，能够适应不断变化的问题，甚至也能适应不断变化中的敌人。

老书新刊之谍战系列

第二章 两面间谍系统的起源

一九三九年五月五日,一位法国第二局的官员对英国军事情报第六处的部分军官作了一篇讲演。他从反间谍斗争的角度阐明了两面间谍的作用,特别强调派人打入敌方秘密情报机关内部以探明敌方意图的重要性。他在讲演中有意地描绘了法国境内纳粹德国间谍猖狂活动的阴暗情景。这些德国间谍配备有"绝对无法侦测"的无线电台并事先受过专门训练。他在讲演中还提到了一些经营两面间谍工作的初步意见。

事实上，这些警告或建议都是多余的，因为军情五处和六处早已发觉了这些德国间谍的活动和作用，在大战以前就已着手对他们进行工作了。一九三九年七月，英国情报部部长本人就已确认了两面间谍的重要性。在这些两面间谍中，最早和最重要的一个案例就是史诺。可以说，只要谈到第二次世界大战中的两面间谍，就不能不先从史诺谈起。从他那里我们大量地获取了有关"阿勃韦尔"的重要情报和关于他们活动手法的材料；我们还通过这条线与德国情报机关直接进行了"对话"；加上我们对另外几名次要的德国间谍采取了配合性措施、进行触动，这样就以史诺为中心，初步形成了最早的两面间谍网，从此拉开了一场连续五年的激烈的间谍战的序幕。

史诺的历史很有意思并有些戏剧性。他原来是个电气工程师，早年移居到加拿大。第二次世界大战爆发前几年回到了英国，在一家企业中工作，这家企业与英国海军部有多种合作关系。在此期间，由于业务需要，史诺曾多次去德国出差，并顺便给英国海军部带回来一些技术性情报。

一九三六年年初，史诺向有关人员表示愿意正式为政府工作。这个要求被采纳了，海军情报部一位副部长将他推荐给军情六处，六处雇用了他，工作成绩显著。同年年底我们检获了一封他寄给德国汉堡629信箱的信，这个信箱已被发现是德国人的联络信箱，这就证实了史诺与德国人也有秘密联系；还发现他打算去科隆与德国人接头。我们没有惊动他。他去了一趟科隆，回来后还继续与德国人通了几次信。我们对他一直没有采取过激行

动,而是设法促其自首交代。同年十二月,他终于向我们交代了下面的事实。

据史诺交代,由于业务关系他结识了一个德国工程师皮珀,原打算从皮珀这里刺探和收买一些情报,但所获得的情报质量不令人满意。过了一段时间,史诺感到经费拮据,很难再向皮珀支付情报费用。就在这个当口,皮珀突然向他提出了策反建议,要求史诺今后替德国人干。史诺说他为了英国的利益觉得应该借此机会打入德国军事情报局,便表示同意。于是皮珀在科隆将史诺介绍给德国人,从此史诺又成了德国的间谍人员。

这时还不能肯定史诺的坦白交代是否可靠。有可能他被德国人所发展正如他自己交代的那样,德国人不会不了解他与英国军事情报第六处有关系,但他说德国人相信了他的解释,他向德国人坚称早与六处断绝关系了。不论怎样,看来德国人并没有迫使他充当两面间谍的企图,而是单纯地用他来搜集情报。当然由于史诺过去给英国人干过,这在德国人心目中多少会造成一点影响,但他们没有对史诺采取什么措施。而我们对史诺继续控制他的往来通信,他有时向英国军事情报第六处、有时向英国特别部,汇报他与德国人的接触情况,并把他准备应付德国人的情报事先呈报给我们审阅。

从一九三六年年底到大战爆发,史诺一直作为一个德国间谍活动,我们当然清楚他的底细。他在德国情报机关里的主要领导人是里特少校和兰卓夫博士,兰卓夫在英美许多著名的间谍案件中是个大名鼎鼎的人物,当时他是汉堡的德国军事情报局一处①空军情报科科长,因此,史诺后来的活动就偏重在搜集空军情报方面,偶尔也要给德国人提供一些关于海军和陆军的情报。有一次,史诺奉德国人之命,给英国"法西斯主义者联合会"里面的德国代理人带来了四台发报机,这是准备在大战开始以后在英国境内展开宣传战使用的,属于德国军事情报局二处的业务范围。总之,在一九三六年至一九三九年这三年中,他在英国成功地扮演了一个活跃的间谍角色,他还使德国人相信他在英国已经"发展"了一批间谍,人数在十二名到十五名,其实这些所谓的间谍,也许只是史诺头脑中的想象而已。

一九三九年一月,史诺向英国特别部汇报说他即将从德国收到一台无线电发报机,不久也就是在本月里,他又收到德国人寄来的一封信,讲了这部电台的使用方法,信中还附有一张去维多利亚车站的车票,电台就存放在车站一间暗室中的皮箱内。这部电台由史诺取出后交给了英国特别部,后由军情六处对电台进行了检验以后交还给史诺。史诺在自己家中架设了这部电台,准备与汉堡之间建立无线电联系,但由于电台本身出现了某些机械故障,联系未能成功。

一九三九年八月,史诺离开英国去汉堡,陪他的是一位有德国血统的英国女郎,她后来与史诺姘居。这次史诺还带去了一个

---

① 德国军事情报局下设办公厅及一、二、三处。一处搞情报,二处搞行动破坏,三处为反间谍安全处。

老书新刊之谍战系列

人是准备介绍给德国情报机关录用的。他们一行在八月底从汉堡回来，但不久这几个人就去向不明了。到九月四日史诺突然给英国特别部一位检察官来电话要求在滑铁卢车站会面接头。此时大战已经爆发，英国特别部的那位检察官在与史诺接头时，带去一张根据帝国保卫法第十八条签署的拘留证，当场宣布对史诺进行监禁。

他被关押的时间不长，当他说出来隐藏电台的具体地点以后就被移解到旺达沃兹监狱。当局建议他在狱中在英国人的指挥下继续与德国人通报联系，他接受了。于是电台就架设在史诺的监房，在经过一段费力的呼叫以后终于同德国恢复了电报联系，并收到下面的来电："需要立即与你在荷兰会面，请携带气候密码、无线电城并将威尔士旅馆房间准备妥当！"对这份神秘电文的真正含义，史诺是这样解释的：他说里特少校指示他，在战争期间他的主要任务之一是搜集气象情报，此外他应设法从"威尔士国民党"里物色一名可靠人员，速将此人的姓名、住址报来，德国情报机关准备利用这个人在南威尔士一带开展破坏活动。史诺从狱中发出的第一份情报开始，两面间谍这场戏就有声有色地展开了，很快他就从敌方获得了新的指令和搜集情报的具体要求。

同年九月，史诺到荷兰鹿特丹去了一趟，在那里与里特少校圆满地进行了接头。返回时他带来敌方的一系列新的特工指示和大量五花八门的情报材料。几个星期以后，他再次前往欧洲大陆，并与一个代号为G.W的英国退役警官同行。G.W是我们指定作为史诺物色的"威尔士国民党"中的可靠人员而向德国人推荐的。他们一同会见了里特少校。与里特少校一同出面接见他们的还有一位叫"指挥官"的人，这位"指挥官"与 G.W 一起进行了长谈，共同探讨了用潜水艇将武器和炸药秘密运送到南威尔士的计划，说"威尔士国民党"人将利用这些武器在那里发动一场大规模的武装暴乱。这次与德国人的接头，再次证明是顺利和成功的。史诺返回时带回许多敌方新的指示，这些特工指示多是用一张只有邮票大小的微型胶片记载的。

在这些微型胶片中，有一封是给潜伏间谍查利的指示信。史诺奉命要与这个查利接头联络。查利是个有德国血统的人，在出生时就取得了英国国籍。他弟兄三人，在英国他一向被认为是一个纯真的爱国者，实际上查利和他另一名兄弟早在一九三八年就在科隆被纳粹德国所网罗并从此被迫给德国人工作。但查利对此并不是心甘情愿的，他只是惧怕仍在德国的最小的弟弟遭受报复威胁而不得不干罢了。德国人为什么叫史诺与查利联系？因为查利是一个摄影洗印专家，他可以帮助史诺冲印微型胶片，同时还可以把史诺的情报材料缩制成微型胶片以便运送到德国。史诺在这次出国去鹿特丹期间，还接到德国人的指示说今后对他的经费补给由一位住在英国博恩默思地方的女人转给他。事实上，正当他这次去荷兰期间，他的住宅已经收到了两封来信，每封信内附有二十英镑。经追踪调查，发现寄钱的是马蒂尔德·克拉夫特夫人，我们立即将她密捕，关押在哈罗威监狱中。

到这时为止，从我们的观点来看，史诺的活动取得了完全的成功。通过他至少已经发现了三名德国潜伏间谍。此外，实践证明两面间谍的运用是可行的。通过这起案件，我们还摸索到有关阿勃韦尔的一些活动手法和特点，从敌人所提出的一些具体问题中可以判明敌人的意图所在，从敌人准备搞行动破坏的一些萌芽动态，可以研究出有效的防范措施。

还有一个虽不明显但很重要的收获，就是获悉了德国人制定密码的一些方法和规律。史诺从德国人那里领来一套密电码，在这个案件中扮演他的报务员的人也是一位老练的监听专家，他细致地监测了汉堡电台的发报手法，从而逐渐地能够辨认汉堡各个报务员的特点。通过监测他还判明汉堡发射台实际装设在挪威海岸游弋的一艘轮船上。关于密电码的编制方法，阿勃韦尔几乎与我们使用同一方法，都是用五个字母排成一组的密码。从史诺案件中获悉的有关敌人电讯方面的材料有助于我们进一步发现更多的德国潜伏特务组织和进一步破译敌人的密码，仅就这一点来说，史诺案件的功绩也是显著的。

这一年十月间，史诺和 G.W 去了一趟比利时的安特卫普，再次和里特少校以及"指挥官"会面。G.W 接受了简易的纵火爆破训练，史诺领到一件用木壳伪装起来的爆破器。德国人还给了 G.W 一个在布鲁塞尔的秘密通讯地址，这是准备将来一旦需要时可以不通过史诺而直接与德国人联系使用的。后来一段时间内，在这场互相捉迷藏的斗争中没有什么明显的进展与变化，史诺依旧几乎每天向德国人发报并亲自去了几趟欧陆。但德国人拟议中的对英行动破坏方案看来是推迟了，打算推迟到对英国登陆作战时再实施。两面间谍这条战线只能从属于战争全局的需要，不能超越它而单独行动，必须耐心地等待时机。

一九四〇年五月发生了一件突发事件，说明我们等待的时机即将过去而一场激烈的斗争就要展开。四月间史诺在比利时的安特卫普再次与里特少校接头，里特少校建议下一次接头拟在北海海面上的一艘拖网船上进行，里特少校说英国东海岸走私盛行，不难找到一艘拖网船来使用，里特少校本人将乘潜水艇或飞机来到拖网船上会面。里特少校还命令史诺，在下次接头时要设法物色一名新的精干的间谍人员，准备在接头以后带此人去德国接受行动破坏和情报工作的全套训练。到了五月，时间更紧迫了，我们必须马上替史诺弄到一艘拖网船和一名能够应付德国人的精干间谍。关于拖网船，由英国渔业部协助解决了。关于间谍的人选，我们选用了比斯凯特，他过去曾充当军情五处的情报员，历史上曾长期充当惯窃和毒品走私贩，是一个惯走江湖的人，同时也已证明是个机智能干和诚实可靠的情报人员，我们把他推荐给史诺，坚信他是最理想的人选，但没有在史诺与比斯凯特之间互相交底。

五月十九日，史诺和比斯凯特一同从格里姆斯比去搭乘拖网船。途中，不幸的是，比斯凯特冷眼观察史诺的言谈表现，判断他一定是个忠于德国鬼子的人，心想在与里特少校会面时，史诺很可能会出卖他。另外，对史诺来说，不知出于什么原因，他有个强烈印象认为比斯凯特是个忠于德国的人，并担心他会向德国人告密。因为这个原因，史诺在比斯凯特面前尽量装出一副忠于纳粹的姿态，结果更加重了比斯凯特对他的怀疑。两人都怀着互相猜疑的戒备心理登上了那艘拖网船。五月二十一日夜，就在约定会面的前两天，突然飞来一架飞机在拖网船的上空盘旋并发出了联络呼号，为什么提前两天来联系？这个行动更使比斯凯特怀疑是史诺暗中搞鬼，这时他就命令关闭船上的灯光并紧急返航，当时史诺已被他囚禁在舱内。

返航途中对史诺进行了搜查，发现他随身带有一些属于公司不应带出去但内容又属一般的文件材料，史诺受到了严厉的盘诘。据他说，这些文件是公司一位低级职员交给他的，那位职员由于负担过重、经济困难，想通过史诺向德国人卖些钱，反正也不是什么有损国家机密的事。史诺的坦率回答和镇静态度解除了大家的怀疑，于是他们连忙采取一些弥补措施，请英国海军人员驾驶另一艘拖网船在规定接头的五月二十三日驶向约定的海面。但到达以后，既未发现敌方潜艇，也未发现飞机，幸亏那天浓雾遮天，能见度很低，后来史诺就以此为借口，诡称已按规定时间到达规定地点，因浓雾弥漫而未能接上头。

经过这场北海插曲，人们对史诺的怀疑得到澄清，弄清了这场麻烦完全出于比斯凯特与史诺之间的误解，而造成误解的原因又是因为两人的表演都过于逼真了，这样史诺案件仍按原计划继续经营了下去。原来史诺通过电台曾向里特少校汇报说已经发展了一名叫比斯凯特的间谍，又由于在海上接头的计划受阻，有必要重新安排新的接头。结果由比斯凯特化装成葡萄酒商前往里斯本，在那里会见了里特少校和其他德国特工人员。他也向里特少校解释了那次海上由于浓雾未能会面的经过。里特少校表示，他认为史诺这次没有把事情办好，但他过去确实做了大量工作，可以原谅。里特少校还透露有一个南非人正在比利时等候机会，准备空投到英国，他将作为史诺的助手。他还命令史诺与比斯凯特要积极准备迎接空投的爆破器材。德国人对于这次在里斯本与比斯凯特的接头以及他所带来的情报材料感到满意。在八月间比斯凯特返回英国时，德国人给了他一部新的电台、情报提纲和特工经费三千美元。

史诺案件到一九四〇年夏天仍在顺利地进行着，直到这一年的秋天，在两面间谍的经营上，才出现了一些新的变化。

老书新刊之谍战系列

第三章　一九四〇年秋天

　　谨慎的推测，加上必要的查证，可以得出这样的结论：在第二次世界大战初期，史诺业已成为德国阿勃韦尔机关在英国的一个中坚。当然，他和他手下的人并不是德方在英国唯一的潜伏组织，同时他们也不是唯一的两面间谍。因为不同的人和不同的组织都想从两面间谍这项生涯中捞到一些好处，哪怕是微小的和暂时的也好。

　　绝大部分的两面间谍案件并不那么出色，它们的记录往往不能令人满意，但是有个案例却极为引人入胜，案件的主角最后变成了我们组织中正式的和永久的成员，这就是雷恩勃案件。雷恩勃曾在德国读书和工作，一直到一九三八年才回到英国。他被卷入情报活动的旋涡是由于他同一个叫冈瑟的人的友谊而引起的。冈瑟是以德国汉堡某化工厂的代表身份为掩护，潜入英国进行情报活动的。在英国他碰巧与雷恩勃共同租赁一间住房，两人相处较好，常在周末一同外出郊游。利用这种机会，冈瑟常常拍摄一些工厂的照片，后来他向雷恩勃承认他是在搞"商业情报"。

在大战爆发前的一个星期，冈瑟突然返回德国。但雷恩勃克制了自己而未向当局告发他，一方面是心存友谊，另一方面也不愿因出卖朋友而受到良心的谴责。一九四〇年一月，雷恩勃接到冈瑟从安特卫普寄来的一封信，信中建议他来接替冈瑟在英国的工作。这时雷恩勃完全意识到来信是想叫他当间谍，他感到害怕，怕影响个人安危，便向警方做了揭发，当局立即决定叫他将计就计，可以亲自去一下安特卫普与冈瑟面商一切，这次旅行正赶上了合适的机会，雷恩勃果然被德国人发展为间谍，任务是搜集航空工业、防空、空袭效果、交通运输等方面的情报。为了有个公开的商业掩护，他成为一家比利时企业在英国的代理人。德国人规定今后对他的情报指示将使用显微点来传递。以后他收到比利时公司的来信时，信上日期最后一个句号标点上就附有一颗极小的微型胶片。他还从德国人那里领到一瓶密写药水、一些特工经费和在安特卫普的一个通讯联络地址，这是作为与冈瑟通讯时使用的。一九四〇年四月，他又去了一趟安特卫普，这次又领到三个秘密通讯地址，两个在瑞士，一个在南斯拉夫，这三个地址都是为了紧急联络时使用的。从此雷恩勃就成功地并真正地成为一个两面间谍了。他不断地把一些商业的、工业的情报（和假情报）发给德国人。（他同冈瑟同住的那所房子，也被德国人认为可以利用，作为潜伏的德国间谍紧急时备用。）后来冈瑟潜入了爱尔兰，立即被我们捕获，关押在芒特乔伊监狱。

从史诺情报网的成功和雷恩勃案件所取得的进展来看，很显然，在大战爆发后的第一年中，德国人从英国方面搜集情报的范围并不是很广泛。在大战爆发以前，德国人在许多国家开展了平时的情报工作，他们深信自己的成就，认为由于平时工作的结果，在战时就不难获得所需要的汇报。因此，德国人的情报组织工作，在我们的想象中似乎应该更大一些和更有效率，但实际并不尽然。基于这种判断，在战争初期我们在两面间谍斗争中往往顾虑重重而采取许多防范性措施，后来证明是多余和不必要的。德国人埋伏下来的间谍一个一个地被我方控制人员发现。现在看来，阿勃韦尔机关是一个相当分散而不集中的机构。诚然，所有的岗位都要受柏林的管辖，但在各个分支机构之间、各个站组之间，往往各行其是，互不通气。一个德国间谍的活动只有主管他的那个情报处或该处某科才了解。

在战前和大战初期，针对英国方面的所有德国情报组织完全受汉堡站的领导，特别关于空军情报更是如此。到一九四〇年秋天，情况发生了一些变化，汉堡发现他们过去在一些中立地区特别是"低地国家"（荷、比、卢）以及在丹麦的前进基地由于情况的变化已经不能再继续使用了。这些基地过去都是用作新派出间谍的出发地以及派出的间谍回来汇报的集中点的。德国人还发现他们在战前所设置的一些情报网也缺乏应付紧急事变的能力。鉴于对英伦三岛的登陆作战即将开始，有必要开辟新的和更为有效的情报来源。于是他们以巨大的努力在一九四〇年下半年加紧了对英的派遣工作。说老实话，他们的这番努力如果是用在征服荷、比、卢、挪和法以前，可能会收到很大效果，但此时此刻再向英国大量派遣，只能飞蛾扑火，白白给英国人送礼，变成英国人的囊中之物而已。在德国加紧派遣活动之际，潜入英国的间谍有的化装成难民，有的冒充中立国的商人，有的干脆用飞机空投或用船艇运送秘密登陆。

敌人的空投和偷登，引起了我们的注意。一九四〇年夏天，六名德国间谍潜入了埃尔地区。同年九月、十月、十一月三个月，又有二十五名间谍潜入英国，这些大都是空投或靠岸偷登的。这些空投特务后来在我们的逆用中不少人起了作用，有的还起了重要作用。几乎已经形成一套规律，就是那些空投间谍往往一着陆就被俘获并乖乖投降，因为这些人多半训练不足，装备也不符合任务的要求。他们一般都携有无线电台，但从多数案例来看，如果不靠我们的"帮忙"，他们这些电台是很难与德国人通话的，一个原因是这些空投特务的报务训练不足，另一个原因是这些电台经常发生技术故障。空投下来的间谍一般都带有二百英镑的经费，这只够维持一两个月的开支。他们的服装、证件等也都能证明准备工作很不充分、很不细致，而且这些空投间谍所用的身份证件几乎都是按照史诺所提供的材料而制造的，因此我们可以毫不费力地一眼就发现出来。

　　对于敌人的空投间谍，我们的政策是凡能使用的一律使用。因为事先很难断定哪一个会起作用或不起作用。但是要把敌人的空投特务培养成为两面间谍，必须具备一些条件：首先，空投特务着陆后必须立即落网被捕，否则他就可能已与德国人通报联系过了；其次，在擒获敌人的现场，目击者越少越好，而且这些人又必须是可靠的，因为万一走漏了消息，不论是由报上透露还是由于漫不经心的小广播，迟早都可能被德国人发现；再次，捕获的空投特务必须是个转弯子快的人，他必须真正认识到只有老老实实为我们工作才能挽救他的命；最后，我们还必须确实掌握敌人的密码，并在我控制下迅速向敌人发报、报告平安到达，这样才能取信于敌。这些条件并不是每个空投特务都能具备的，条件不足者不得不放弃，只有条件确实具备的才被我们运用。

　　萨默是一九四〇年九月六日空投下来的。他的任务是汇报关于牛津—北安普敦—伯明翰地区的情况，特别要探明对伯明翰地区进行空袭所造成的损害程度。萨默在着陆以后不出几个小时便被我们捕获了。从此，他的故事发生了两极分化，一是真的，一是假的。事实真相是他已被捕，并完全落入我们的掌握之中。而德国人呢，竟然相信了我们的欺骗，认为萨默在着陆时受了轻伤，不得不在牛津与伯明翰之间到处隐藏，在野地里露宿了十天之久，最后由于气候恶劣，他请求德国人批准他乔装成难民，以便找个栖身之地。德国人不同意他乔装成难民，而用电报通知史诺与他联系，由史诺负责对他的食宿生活给予安排。

一九四〇年九月十七日，史诺派比斯凯特在海威克姆车站与萨默会面，由比斯凯特把他带回到伦敦住在自己的房间里，还帮他把随身带的作掩护身份用的水手证件等整理好。这一切安排妥当后，史诺通过电台向德国人汇报说，萨默空投着陆后，因为在野地露宿了十天，历尽辛苦，已经病倒了，现在由比斯凯特照料一切，帮他恢复健康。九月二十七日，史诺又向德国人发报说，萨默已经恢复健康，可以单独活动执行任务了。德国人复电指示要萨默今后主要在伦敦—科耳切斯特—绍森德地区活动。十月二十三日，萨默用他自己的电台向德国人汇报说，已在剑桥以南找到了住所，他在那里一直住到一九四一年一月，至少德国人相信他是住在这个地方的。

此后萨默与史诺情报组之间没有更多的联系，他只保存了一个比斯凯特给他的通讯联络地址，是准备必要时联络使用的。此外有时还从比斯凯特那里领取二百英镑的生活费。一九四一年一月底，萨默的电台活动突然中断。德国人收到史诺的报告说，萨默给比斯凯特寄来一信，表示已遭警方怀疑，处境危急，不得不利用他的水手证件暂时逃避一下，在逃走前已将电台藏在剑桥车站的密室内。德国人听到这些无可奈何，复电指示比斯凯特速将电台转移收藏。

事实真相是怎么一回事呢？原来萨默从空投着陆被捕后，最初关押在020号集中营，后来在我们的监视下将他释放出来，以便架台与德国人取得联系。以后因为发现他对过去在英国的一段历史没有说真话，再一次把他弄回到020号集中营（其间他曾企图自杀未遂），后又放了出来，由警卫看管住在欣克斯顿的一所住宅里，在这里他一直住到一九四一年一月底。当时他愚蠢地企图逃跑，也许是我们过于自信和麻痹了，因为有一天房间内只有一名警卫，萨默冷不防地打倒了警卫，几乎把他勒死，捆得紧紧的，然后骑上了另一名警卫留在那里的摩托车，车上还带了一个碰巧遇到的小型独人船，直奔布罗德海岸方向飞驶，看来他是打算渡海逃往欧陆的，幸亏这辆摩托车是公家的，保养不大好，中途坏了，萨默也终于在依利被我们抓获。在这以前，我们不得不通报大半个英国，通缉追捕这个逃犯。

他的逃走如果得逞，无疑将会破坏我们的全部计划。但是除了一场虚惊之外，他并没有给我们造成真正危害，甚至对那位差点被他勒死的警卫来说，也不无收获，因为他以微小的代价得到一个永生不能忘记的教训，这个教训就是：当两面间谍的都是些相当狡猾的人，对于他们必须有严密的监控措施，不仅要在行动上如此，而且要掌握他们的思想和心理，要注意他们的情绪变化，研究他们对于各种事物的反应。基于这个教训，后来我们坚持每个案件掌握人必须对他所掌管的间谍人员有全面深透的了解，要从早到晚像医生了解他的病人的脉搏一样，要能看透他们思想深处的主要动向。从过去的经验看，投诚过来的间谍，在他们思想上不可能一帆风顺而不产生任何动摇，只有我们多做工作，细微观察，防微杜渐，采取措施，才能使他们巩固下来。如果没有这些细致的工作，一个被控制使用的间谍往往会由于他的矛盾心情而毁掉自己的前途和作用,因为作为一个两面间谍与一般人总是有些区别的,特别在一种非正常的环境中,一个普通人和一个两面间谍的思想状态往往不大一样,只有细致的工作才可能保证使一个转变中的空投特务不至于中途反水。

塔特是一九四〇年九月空投下来的,这是一个很成功的案例。对他的潜入我们并未感到意外,因为萨默在获得保证绝不伤害他朋友性命的条件下早已供述过关于塔特的情况。他们两个人曾在一起接受间谍训练并准备在潜入英国以后会合一处共同活动。塔特被捕后,在审讯中向我们屈服了从而变成了两面间谍,十一月中旬开始,他在我们的监控下与德国人联系,后来他的表现与萨默相比简直有天渊之别,正如一个极为勤奋好学的和一个极为怠惰的学生成绩迥然不同一样。塔特后来变成了最受我们信任的特工报务员,他从一九四〇年十月至一九四五年五月长期地保持了与德国人的通讯联系,这是创纪录的。

他的成就是巨大的,首先是在反间谍方面,其次是在诱骗敌人方面①,同时他还成功地骗取了德国人的大量特工经费。为了表扬他的"成绩",德国人在电报中特地宣布他已被批准加入德国国籍,以便使他能够有资格来接受颁发给他的一级和二级铁十字勋章,他还被德国人称赞为间谍工作中的一颗珍珠。塔特在另一个世界中表现也很突出,由于保密掩护十分成功,他已成为英

---

① 到一九四五年春天,塔特的通报内容主要是关于德国潜艇在三千六百平方海里海域中的布雷活动。

国公众社会中的一名活跃人物，后来他获得了较多的人身自由并成为一名摄影师。一九四四年英国一家报馆居然邀请他到西线去采访和拍照。一九四五年七月，他的名字被列入选民登记行列，要他去参加投票以决定丘吉尔先生是否可以连任的问题。作为一个两面间谍这样是有些过分了，我们很遗憾地不得不出面干预，停止他的这种特权。他的名字在本书后面的章节中还要多次出现。这里只是说明一下，作为一个两面间谍，成功的（也是很难的）经营指导是个关键。

在空投特务的案件中，命运似乎有一定的甚至是决定性作用。甘达尔，是十月三日空投下来的，只带了一部电台，任务简单，我们对他只使用了几个星期，就以失去作用而告中止。雅各布斯是一月三十一日空投下来的，着陆时跌伤了踝骨，一件意外的事破坏了他的整个作用，那就是报纸把他的捕获当作一件耸人听闻的消息大肆宣扬了出去，同时我们也发现此人性格极为残酷，没有使用价值，就在八月间将他处死了。同样的厄运降临在里克特的身上，他是一九四一年五月空投下来的，任务是与塔特会合，同年十二月被我们处决。塔·布拉克的案件比较曲折，他究竟是什么时候空投下来的一直弄不清楚，但一九四〇年十一月初他在剑桥寻找了一个住处，后来他的尸体是在一九四一年四月一日在一个修建中的防空洞里发现的，显然是自杀身亡的（从他的伪造的身份证上，发现至少有五处破绽，真是漏洞百出，这在反间谍斗争中识别敌方伪造的证件倒是个很好的反面教材）。根据分析：布拉克无疑是个空投特务，并可能是唯一的漏网的空投特务,看来他未能与德国人取得联系并在经费耗光以后陷入了绝境。如果这样的人及早地被我们拉过来,一定会大显身手的。

其余那些空投特务的下场如何,对我们来说是无关紧要的。总之,英国安全部从来都反对对敌方空投特务判处死刑,除非别无选择而不得不处死。一个活着的间谍,即便他已失掉了与敌方通报联系的条件,但作为一个"活字典"仍然有某些用处。而一个死了的间谍,则毫无用处。尽管如此,对于敌方间谍有的仍然必须处死,这一方面对于公众来说是维护国家安全所必需的,另一方面也给德国人制造了错觉,使他们以为那些未被处死的大概都安然无恙。

当然空投并不是敌人派遣间谍的唯一途径。由于情报工作的需要在不断增长,在派遣工作上也必然要利用掩护身份合法潜入。九月间两名捷克人,吉拉菲和司潘尼耳来到英国。这俩人过去曾在法国军队中服役,后来被在里斯本的一个两面间谍斯威蒂网罗雇用。斯威蒂是个德国间谍,同时又受英国军事情报第六处控制使用。德国人布置斯威蒂的特殊任务是物色捷克籍的间谍派到英国去(斯威蒂已将此事原原本本地报告了英国人并得到默许和支持)。这两个捷克人曾给德国人发过几封信,得过一些钱,但不久德国人就发现他们的情报质量不高,不予重视,并同意他们随法军转移去中东,当时看来此案经营价值不大,但是后来德国人打算加强对英派遣,又想到了这两个人。与此同时,英国方面的六处也正打算从中立国人士当中物色可用的两面间谍,对此也很重视。但是,吉拉菲案件由于缺乏培养,也没有给予必要的情报支援,更主要的是他们来英国的时机不大合适,因而没有得到预期的发展效果。

比这起案件远为重要的是另一个潜入英国的名为"三轮车"①的案件,他来英国也是由于军情六处活动的结果,后来他变成了两面间谍中一个出类拔萃的人物,他还成为许多间谍活动的一个中心。"三轮车"是南斯拉夫人,出身于一个有教养的良好家庭,曾在法国受教育并在德国读大学。在德国时,结交了约翰·杰布森,此人是在汉堡经营商船业的富家子弟,后来成为阿勃韦尔特务机关的重要角色。一九四〇年年初,"三轮车"因商业上的需要而与驻贝尔格莱德的德国大使馆开始接触。使馆一位秘书得知他与班那克地方一个南斯拉夫富豪相熟,通过这个富豪关系可以打入英国上层社交圈内活动,因此认为"三轮车"对德国很有用,便由约翰·杰布森出面亲自对"三轮车"做工作打算发展他。"三轮车"找英国代表征求对此事的意见,英国代表指示他可以和德国人继续来往。"三轮车"遂与德国人达成协议,接受德国人所布置的任务从英国搜集情报,具体说,就是从南斯拉夫驻英国公使馆一位成员那里搜集情报,并已将搜集情报的提纲寄交给这位公使馆成员,但是没有收到答复,德国人对此有些不耐烦了。"三轮车"向德国人解释说他的朋友可能是不愿意利用外交邮袋来给德国人传递情报。经过研究商定,由"三轮车"亲自前往伦敦取回他朋友的情报。在动身以前,"三轮

---

① 间谍的代号。——译者注。

车"再次与杰布森会面，杰布森告诉他说从现在起他们两人都是同一组织的正式成员了。

十二月二十日，"三轮车"到达伦敦，向英国当局做了详细汇报并给人留下了十分良好的印象。本书在后面还要多次谈到"三轮车"及其手下人员的活动。我们发现他是一位高质量的间谍人员，他机警灵活，与各个社会阶层的人物打交道都能应付自如。他在德国人方面包括在阿勃韦尔机关内都有得力关系，他又有良好的商业掩护身份，有条件经常前往里斯本或其他中立地区。

在我们的组织中，另一个出色的两面间谍是德拉贡弗莱。他被我们征募的经过与众不同。他出生于伦敦，父母是德国人，他本人又与一个德国女人结了婚。他从一九二三年起便住在德国，搞过许多商业活动，但都未能发迹。一九三九年八月二十三日他离开了在科隆的家，连家具都舍弃了而移居荷兰。一九四〇年四月二十九日回到英国。过去，他同他的妹妹——一个在德国离了婚的女人，本来都同阿勃韦尔情报机关有些来往，这次因为打算把遗留在科隆的家具变卖处理而再次求助于德国情报机关。德国人首先要求他从荷兰搜集情报提供给德国，他就巧妙地应付了过去。在他回到英国以后，立即将上述情况向英国人汇报，他还说服我们派他去里斯本，说在那里他可以同德国人恢复联系，于是他在一九四〇年十一月以接洽一笔葡萄酒生意为掩护去了里斯本，当时我们对他能否取得成功并未抱太大希望。

在里斯本，一切进行顺利。德拉贡弗莱会见了克里曼、纳粹德国驻巴黎情报站站长,接受了初步的特工训练后于一九四一年一月返回英国,带回一台用留声机伪装的无线电台,一个在里斯本的秘密通讯地址,八百英镑特工经费和关于搜集情报的一系列指示,特别着重搜集关于飞机生产和关于皇家空军的情报。对于德拉贡弗莱,我们一面放手使用他,一面也不放松对他本人的妥善控制。后来促成这个案件不断发展的与其说是我们或者德拉贡弗莱本人,还不如说是德国人更为恰当。这个案件后来有重大进展,他的电台从开始发报以来一直维持到一九四三年十一月,中间虽然有过一些间断,但仍不断获得巨大成就。美中不足的是他在经济报酬方面始终贪得无厌,并曾为了钱而和领导发生过几次不愉快的争吵,这不能不使他的案件有所减色,未能达到理想境界。从这个案件的收获来说,除了从电讯上获得的情报以及在欺骗敌人方面所取得的成就外,最杰出的收获就是在一九四三年十一月擒获了间谍分子乔布。

到一九四〇年后半年,德国人获取情报的一个重要途径就是充分利用在英国有优越地位的中立国人士,他们不少人有条件利用外交邮袋来传递情报。外交邮袋是使情报外流的一条重要渠道,而且是很难防范的渠道,但即使在这方面,两面间谍也有作用,虽然情报外流是不可避免的,但中立国人士所获的情报如果来自我们的人手中,其结果就大不相同了。

我们同中立国人士第一次打交道是通过 G.W(史诺在威尔士的情报员)进行的。那位中立国人士叫戴尔·波佐,是一九四〇年九月来英国的西班牙记者。波佐到了英国便给 G.W 寄来了一张明信片。这时史诺通过电台获悉波佐是德国特务头子"指挥官"手下的一名间谍，隶属于一个专搞宣传和行动破坏的特务组织，他这次来英国的任务之一是向史诺传递特务经费。十月间，戴尔·波佐将四千英镑密藏在一个爽身粉铁盒里交给了G.W，G.W向他提供了他在南威尔士方面所搜集的情报。波佐的领导人实际上并不是"指挥官"而是阿尔卡扎·德·维拉索，他也许同时受这两个人领导，也许分别挣两份钱也说不定。波佐对于G.W送来的情报有时用密写写在他新闻稿的夹层上，经过英国宣传部的大略检查后寄往西班牙，但多数情况下他是利用外交邮袋发出的。

前面已经谈过，从一九四〇年下半年以后，德国人改变了在情报工作上放任自流的做法，花费巨大努力企图整顿和加强在英国的情报组织。我们采取的对策，不是镇压和摧毁敌人这些情报组织，而是力争拿过来为我所用，也就是把德国间谍组织改变为两面间谍组织。在这种情况下，必须明确而且有必要加以重申经营两面间谍的目的是什么，具体地可以说有以下七个目的：

一是控制敌人的全部间谍组织，或者尽我们的最大限度去把一切能抓到手的敌人控制起来。

二是发现新的间谍时，及时捕获。

三是不断加强了解德国特务机关的人员情况和他们的工作方法。

四是全力获取敌方特务机关的电讯密码的情报。

五是从敌人所提出和探询的问题中来判明他们的计划和

意图。

六是用送发给敌人的情报来影响他们的计划。

七是在实施我们的计划和意图时，尽一切可能去迷惑敌人。

一九四一年年初，我们模糊地认为我们很可能已经系统地控制和掌握了敌人的潜伏组织。虽然有时还被另一种截然相反的意见困扰，有人认为还可能有一大批德国间谍没有在我们的视线之内，这种意见使我们不免有些缩手缩脚，产生顾虑，但幸好没有影响到整个政策，两面间谍的斗争实践说明办什么事都可以举一反三、一通百通。一九四一年我们摸索着进行了第一、第二、第三个案件，随后进行了第四、第五个案件以及以后进行的第六、第七个案件，越来越明显地说明我们英国人在这方面即将由防御阶段转入进攻阶段了。

第四章　管理两面间谍系统的组织

从本书前一章可以看出，德国人渗入到英国的间谍数目是日益增多的。这样我们就有必要设置专门机构来对付它。军事情报第五处和第六处可以分担一部分重担，但是如果没有外力支援，光靠他们是不可能完成控制和经营全部德国在英国的间谍网的。此外，有些人我们长期派往国外活动，需要有相应的长期和连续性的交通线以支援他们的活动，这些交通线必须由高级负责官员直接领导才能有效地开展工作。

万事开头难，五处和六处在最初开展工作时也遇到不少困难，特别是涉及两个单位的联合行动，要想完全合拍、得心应手，总不是那么容易的。举例来说，一个新潜入的敌方间谍，有两种发展前途，可能作为单一的敌方间谍而干到底，也可能为我所用变成两面间谍。但在我们的分工上，都采取"一刀切"的办法：一个对象如果离开了英国国境三英里之外，那就自动地属于六处的工作范围，而在国境线三英里之内，就属于五处的工作范围，这种分工方法听起来是很荒谬的。同样荒谬的是，一个在里斯本被六处控制使用的对象，当他一旦来到英国时，一进入国门就要移交给五处。在这种分工方法之下，一旦发生错误情报事故时，就很难确切划分究竟是谁的责任。从理论上说，无论是五处还是六处，应该对一个案件贯彻始终，而不应截然分开，各管一段。在两面间谍为数尚少并在使用上尚未发展到重要阶段时，可以采用一些就事论事的办法进行指导，但到了一九四〇年年底，再继续这样干就不行了，没有一个专门机构来推动整个工作是不行的。

为了加强和改进工作，我们逐步地采取了措施，特别是针对敌方间谍多数配有电台，我们从一九四〇年七月起在军情五处内设置了"无线电侦防科"（后来发展成为国内安全科）。该科在九月间正式开展工作，一九四〇年九月十三日举行了第一次业务会，会上传达了陆军情报部部长的指示，他建议要尽量给敌人假情报。一九四〇年秋，五处和六处共同研究认为这个组织从一开始就应该有个正确的立足点，为此他们共同给情报部部长写了报告，强调了两面间谍制度的重要性，还指出在斗争中为了获取敌方的信任，就不得不向敌人"提供"一些必要的情报。对此应该正确地权衡利弊，给敌人一些情报，固然有损于我们，但是如果停止运用两面间谍，造成耳目闭塞，那种战略损失将是无法估量的。

幸运的是，海军情报部部长对两面间谍工作有浓厚兴趣。接着，空军情报部部长博伊尔空军准将亲自出马，冒着风险批准了史诺情报组发往国外的情报。这位空军准将还指出：两面间谍这项工作具有极大价值，这项工作的情况目前应只局限在五处、六处和三军情报部部长的范围。他说在今后要注意防止两种偏向：一种是高级领导机关由于缺乏专门知识而使这项工作沦为儿戏；另一种担心是这种工作经常会涉及一些责任问题，会使一些人望而生畏，不愿参与。对这些见解，大家都很同意，并一致决定由国防部（包括三军情报部部长）保安局和军情五处二科（当时国内安全科属于这个单位）共同分担两面间谍工作中的责任。

由国防部这样的高级机关来直接处理每日每时的有关两面间谍工作的具体事务，是不大适宜的。因此双十委员会作为国防部的一个直属单位便在一九四一年一月二日正式成立了。出席第一次会议的有陆军部、总参谋部、国民军、本土防卫局、航空部情报局、海军情报部、军情六处、航空部特纳上校领导的一个局（这个局专门负责布建引诱和迷惑敌人的假机场、假目标等）以及军事情报第五处的代表。双十委员会的主席和秘书由五处产生。

在两面间谍斗争中，涉及军事利益的保护由三军情报部部长分别负责，属于民事方面的利益也很重要，应该和军事问题同样得到重视和支援。这方面由于芬勒特·斯图尔特爵士的帮忙而解决了，这位爵士于一九四一年二月安排了由国防部和英国枢密院议长约翰·安德逊爵士的会晤，这次会晤一致决定对民事问题要和军事问题同样看重，为此决定请芬勒特·斯图尔特爵士参加国防部的工作，并作为涉及交通和民事问题的总代表。同时还决定国内安全防卫委员会主席斯温顿爵士将随时听取关于两面间谍斗争的一些重要动态的汇报，以便及时给予有力的指导和支援，后来他在这方面作出了宝贵的贡献。

从此以后，国防部在涉及政策等重大问题上总是勇于承担责任的。例如，一九四一年二月史诺去里斯本这一重大行动就是由国防部最后批准的。同年五月赛乐里第二次去里斯本也是国防部批准的。一九四一年九月，国防部在和斯图尔特爵士会商后原则上批准了关于行动破坏的实施方案。同年十月国防部决定搞欺骗敌军活动的斯坦利上校不再参与两面间谍斗争，而由国防部直接核定。一九四二年三月，国防部决定所有发给敌方的情报必须一律首先送请双十委员会审核，从此这种审核成了情报是否可以发出去的关键。以上种种说明国防部在开始阶段曾经具体管理过这项工作，但随着时间的推移和工作的开展，逐步地赋予双十委员会以越来越大的机动权力，无论是在间谍的管理还是交通线的经营都是如此。

双十委员会最早的一次会议于一九四一年一月二日召开，最后一次会议在一九四五年五月十日举行。每周开一次例会，一共举行过二百二十六次会议。在大战的最后四年半时间里，这个委员会坚定而持续地承担了对两面间谍的指导工作的重担，一切有关这方面需要解决的问题都拿来讨论并做出决定。它代表国防部批准许多重大决策，研究制定了一系列欺骗敌人的行动方案，汇总了所有两面间谍的情报并进行综合分析和整理。在每次会议上，五处和六处的代表都及时出席对有关的间谍人员的活动进行评价，以保证委员会的每个成员都能及时了解事态的发展进程，这就可以及时做出决断从而避免了各个部门之间由于公文旅行而耽误的时间。

双十委员会所做的大量工作大都是无声无息的，甚至对它的授权都从未公布过。这个委员会的主席受命召集第一次会议，但作为主席的他具体职权是什么？谁也没有明确过。他是由总情报部部长任命的，并应对总情报部部长负责，但双十委员会又是国防部的一个直属单位，应对国防部负责。委员会从来没有收到过上级发来的工作制度或指令。这样，往往使人误认为双十委员会只是五处和六处的一个分支机构，它的任务也许只是办理情报审批手续而已，而整个两面间谍工作的经营大权仍在五处和六处手中，甚至连英国保安局在一九四一年十月写给国防部的一件公文中也公然这样提："英国保安局和军情六处继续保有对他们控制下的两面间谍这部机器如何更好地运转的权力！"

但实际应该这样说（国防部官员多同意这个观点），即只有双十委员会才是真正经营管理两面间谍工作的机构。在一九四一年二月十一日国防部的一次会议上,陆军情报部部长声称:"三军情报部部长已经肩负起经营两面间谍的责任!"但是,一九四二年三月,芬勒特·斯图尔特爵士致函弗兰克·纳尔逊爵士请他来参加一个关于这方面的会议。在会上斯图尔特爵士明确断言:"无疑你们都会看到已经有不少潜入我国的德国间谍现在变成了两面间谍并在我们的指挥下反戈一击。这方面的工作,由国防部统一指挥,对这些间谍人员的管理等日常工作,由一个军队和地方联合组成并由国防部任命的双十委员会负责。"双十委员会的这种性质在一九四一年八月二十二日海军情报部的一份传阅文件上也有过明确的记载。事实上,关于双十委员会在职能性质上的说法不一并没有造成什么障碍。可以这样说,坏人能把好事办坏,而好人能把坏事办好。不可否认,在最初的日子里,五处和六处之间确有过一些摩擦,但在六处驻双十委员会的代表换人以后,这种现象就没有了。就整个来说,双十委员会中的工作气氛十分良好,从未发生过推诿责任的现象,也没有那种把本单位的局部利益超越全局利益的现象。对两面间谍系统的经营管理是许多单位在一起和衷共济、协同作战的典范,特别是在委员会里的军人,表现很突出,能顾全大局,不论他们自己有什么看法,都能服从国防部或保安局的决定,对五处或六处在案件经营上从不提出责难。

由于大多数间谍是在英国本土活动,因此大部分工作重担便落在五处身上,他们的任务比六处重得多。但过去的矛盾已经获得解决,因而这两个处能够十分和谐地在一起合作。在双十委员会的全部历史中，只有过一次是靠投票表决的，那还是由于在委员会当中五处代表们本身有不同的意见而引起的，这就是说，在长达四年半的时间里，所有的决定都是靠一致通过或协议商定而不是靠投票表决的。实际上，有关两面间谍工作的一些决定究竟是双十委员会做出的还是五处做出的，这一点并不重要，因为五处提出的大部分建议都已被委员会所采纳。五处经常提出一些建议或修正案提请双十委员会讨论审议。例如，有一次他们提出要清洗几个不宜再使用的间谍，为此双十委员会就成立了一个临时的"执行小组"进行专门研究，这个小组与五处国内安全科科长逐个研究了六名拟清洗对象的处理问题，分别提出处以死刑或缓刑的意见，圆满地解决了问题。在共同的斗争中，无论是五处还是六处，在处理间谍时总是要请示国防部或双十委员会。

在机构调整方面不仅限于上层。在五处内部，国内安全科逐渐发展成为一个庞大的单位并重新做了人事安排，如五处二科科长是国防部的一位官员，对两面间谍的一切工作都深感兴趣，因此，一切重大问题国内安全科都要和这位二科科长商量研究，取得支持。关于吸收发展新的间谍以及有关政策改变等重大事项，还要送请总情报部部长审批。国内安全科的科长是由五处派来的军官充任的，他在业务上全面负责两面间谍的管理。为了工作上的方便，他同另外两名军官组成一个核心小组，负责审核关于立案和撤销案件的建议，掌管对间谍的领导使用，同时对间谍的出入国境等有关问题做出安排。

另外，掌握案件的官员，一般不少于五人。他们具体掌握领导间谍人员，包括支付他们的薪金、住房、供给、警卫及其他事项。他们还负责对间谍派出时所做的准备工作。在重要案件上，掌握案情的官员几乎要同间谍完全生活在一起，要手把手地向间谍提供指导，教给他今后应付敌人所能提出的各种问题的办法。此外还有电讯教官，对携带电台的间谍进行技术训练。还有另外两名军官负责对间谍所写的报告和情报材料进行内容分析，教给他们怎样写才符合要求，进行指导。除了上述这些还有一名军官专门负责搜集与本案有关的参考资料，这项工作也很重要，如有个时期我们要集中搜集关于德国阿勃韦尔机关的材料，这就可以从多方面广泛收罗，进行对比研究。

关于国内安全科的业务活动，上面只做了一个粗略的介绍，很不全面，尤其关于内勤工作，谈得更少。由于间谍数量不断增加，他们所搜集的情报材料也大量增加了，这就提出一个问题，必须把这些浩繁的情报材料及时科学地编成索引、进行整理、随时能提供查对的需要。一个间谍所提供的情报，很可能与他过去所报过的情况有关联，也可能同别人的情报内容有关联，于是资料查对工作就变得很重要。一个间谍去汇报时，也许忘记了他过去报过哪些情况，但是作为组织就有必要及时发现这种情况。由于这个原因，掌握案情的人和掌握档案资料的人是同等重要的，要求他们对每个案件的细节和对每个间谍人员情况都十分熟悉。另外，我们不能忘记，一个两面间谍必须同时过两种生活，一方面要在我们的生活条件下过活，另一方面他又必须按照德国人想象的那样生活，他的第二种生活实际是不存在的，但从他的通讯和汇报情况中必须做到天衣无缝，完全属实，才能使敌人深信不疑。

此外，派出前的充分准备工作是极端重要的，如果草率从事而把人派了出去，后患无穷且我们未必能马上察觉。一个新闻记者采访一件凶杀案消息，虽然警察多方限制，总是想让他知道的越少越好，但他仍然能够从旁观的喜欢多嘴多舌的人们口中获取材料，不难写出一篇报道。一个专门刺探赛马情报的掮客，躲在金雀花丛的后面偷偷地窥探和观察各匹赛马的奔驰情景，也不难获知究竟哪一匹有最大的获胜可能。但作为一个两面间谍与这些是不同的，处境要困难得多，他必须两面应付、左右逢源。我们向他要情报，他既要满足我们又要不被敌方发现，敌人向他要情报，也要经过我们的审核同意。

例如，一个间谍奉命去搜集诺思霍尔特机场的情报，他搜集的材料必须由我们送请航空部审核同意，方能交给德国人。经过审核，也许认为大部分或四分之三的内容不能告诉敌人，那么这份情报就是未被批准而被主管当局勾销了。慢慢我们就会发现，一份经过周密准备的简洁的情报底稿在上报以后，往往大部分被砍掉，只剩下一小部分可以发出。对这一小部分，就要尽最大努力进行加工渲染，使人看起来能过得去，即便这样，也仍然要经过审核批准才行。

通过坚持不懈的努力，加上各有关单位的大力支援，使我们经营的案件有了坚实的发展基础。在这个基础上，我们发出的每一份情报都是经过深思熟虑、合情合理、完全逼真的，要使德国人看了它，相信这是来自一个诚实的情报人员的可靠材料。还有这样的情形，上级批准某些情报可以发出，但是我们自己临时改变了主意，不发了或者通过其他间谍发出去。这是为什么？因为每个间谍所发的情报，必须和他的身份条件相称，否则反而会引起敌人的怀疑。另外，为了诱骗敌人，可以把一件情报拆开，通过几个间谍的不同渠道交错发出，使敌人通过比较鉴别，更加坚信不疑，这比单一的发出效果更好。

　　关于国内安全科所做的工作和所面临的问题，已经谈得不少了。除此之外，就是要对间谍人员的生活给以全面的妥善照顾。看来是一些行政性事务，似乎不值得多谈，但并非小事，我们要给那些转变中的间谍人员提供合适的住房、服务人员、报务员和至少两名警卫人员。要替间谍人员准备好符合掩护身份的证件，各种生活必需的票证。还要准备以商业机构为掩护的秘密据点，对来往人员等严格注意，有时甚至要将来访人员谈话录音备查。总之，一切都要谨慎从事，力求万无一失，虽然自己受点约束，也是不得不如此的。

　　两面间谍不仅要欺骗敌人，由于工作需要，对我们的自己人，在一定时期内也不能说出真话。所有单位、特别是情报部部长本人，都一再强调在这种案件中，"知情人"的范围应该越小越好。当然在实际工作中往往不得不把必要的情况告诉给一些外界的人，其范围要比我们上级想象的大一些。总的来说，绝对保密这条原则是重要的，直到战争结束为止，我们从保密制度中得到很大好处。

第五章 一九四一年的间谍通讯

一九四一年和一九四二年年初,可以称为一个试验阶段,也是组织上的稳定阶段。称它为试验阶段,是指没有上级的发号施令而由我们自己试行了一系列的计划和小规模的诱敌措施,其目的是给敌人造成混乱和破坏,同时也考验了我们的间谍在敌人心目中的地位如何,摸索出了进一步发挥他们作用的途径。这些试验性计划,本书后面还要作专门介绍。我们认为更为重要的是组织上的稳定和这支队伍的进一步建立与发展。我们一直盼望着将来有那么一天在我们控制下的间谍能够大规模地出击并真正起到打击敌人的作用,这种光辉前景也是我们说服其他单位乐于协助和支持我们的一个重要条件。我们确信两面间谍制度作用很大,比单纯的反间谍工作所起的作用要大得多。为了使间谍人员在今后发挥作用,就必须从现在起很好地加以引导培养。要不断发展新的对象,以保证我们手里随时有一支可以信赖的力量可供使用。这支队伍的建立过程是需要长期的和艰苦的努力的,它的关键所在是我们与德国人之间的各种"通讯联系",一切文章都从这里产生,这是我们对敌斗争的一个重要基础。我们掌握一条准则,那就是在和德国人搞情报交易的过程中,既要适当地"满足"他们的一些要求,又不能使之超过实际需要的程度,不能暴露我们真正的重要的机密。在情报交易中,针对敌人所提出的问题,哪些应该否认、哪些应该隐瞒,这些具体考虑是同哪些可以提供给敌人同样重要的。总之,对于敌人所提要求,绝对不应事事满足,无论是敌人的情报提纲、补充提纲还是在中立国的口头提问,都是一样,德国人的胃口是永远填不满的,他们对于一切军事的和非军事的问题几乎是无所不问,在情报工作上表现了极端的贪得无厌。

一九四一年和一九四二年年初,几乎我们所有的部门都受到了敌人的注意。在军事方面,敌人要刺探的问题包括关于我方面军、兵团、师、旅等各个单位的情况,指挥官的姓名,部队的驻地等。他们特别需要各师、团标志符号和部队驻地的情报,这类问题显得很突出,为了配合大规模的骗敌活动,我们不得不在一九四一年九月通过间谍 G.W 并由他再经过西班牙人发给了德国人一份文件，标题是《英国总参谋部、各兵团及师的符号标志》。

敌人经常提出这一类的问题，如在一九四二年九月他们向德拉贡弗莱提问："在韦默思地区的英军士兵是否曾谈到过 153 团这个番号？他们佩戴什么样的标志？皇家陆军坦克团装备有何种型号的坦克？他们的标志什么样？以丘吉尔命名的坦克部队有何种标志？他们是否在制服上佩戴红色盾牌带有虎头的标志？在什么部位佩戴这种标志？这支部队的成员主要是英国人还是加拿大人？他们究竟是步兵还是后勤部队？设法弄清他们的具体番号，至要！"还有些问题问到英军的野营、据点、营房、军火库、装备储存的具体位置以及高射炮火的布防情况，如一九四二年三月德国人问马特和杰夫："我们对 4.5 高射炮很感兴趣。第一，弄清这种炮的使用寿命，每个炮筒能发射多少发炮弹。第二，炮身的长度和口径。第三，这种炮是否也有便于移动的炮身（即卡车或履带牵引）？第四，关于四厘米勃弗斯大炮是否装置有克拉森瞄准器以及这方面的细节。"

敌人对我军的移动极为关注，如一九四一年一月他们指示塔特："所有关于英军在希腊及近东地区的任何移动都至关重要！"同年十一月又向他提问："最近英国是否向海外特别是向中东地区派出伞兵部队？"在大战初期，他们对英国的"反登陆设施"很感兴趣，在一九四〇年十二月他们问史诺："在阿尔丁顿、斯道丁、利民卡、豪金卡、弗克斯通等地区有没有防御登陆的设施?听说这一带地面上出现了大规模的新建筑,在建筑物上面铁丝网很多。请迅速查明这些建筑物是用什么材料制成的,高度如何?铁丝网的长度及强度如何?"后来又补充提问关于铁丝网的情况,问铁丝网的桩子是用什么材料制成的以及铁丝网是否通电流等。

英国内地及海岸的防御设施,当然是德国人所关心的。德国人曾向"三轮车"探询英国海岸从瓦什到南安普顿的详细情况。一九四一年三月他们向赛乐里探询关于埃塞克斯、萨福克、约克郡、肯特和苏塞克斯一带海岸地区电动地雷的布设详细情况以及这一带海岸炮兵的情况。关于陆军的问题还有各种新式武器、新装备、反坦克炮、毒气和军工生产的情况。关于海军方面,德国人提出来的问题比我们预料的少得多,他们主要关心大战舰特别是航空母舰及舰队移动、海港、码头、船坞等情况。一九四一年二月德国人问三轮车:"乔治第五型五艘大战舰何时可以竣工?"一九四二年三月问德拉贡弗莱:"急需随时了解关于护航船队的一切详情,船只型号数目、离港时间、在何处编队、驶向何地及护航力量等情况。"

关于皇家空军的问题最占主要地位。德国人特别想了解英军各个航空中队指挥机构的确切位置。这个时期敌人向我们控制下的间谍提出涉及皇家空军的问题达二百八十八件之多,包括机场、航空站、轰炸机航程、机型种类(曾提到过八十五种机型)、引擎、火炮装备、零件和其他技术装备等,飞机生产情况也占很大比重。在这方面,由于间谍人员法瑟过去曾充当比利时空军驾驶员,是个内行,德国人对他的盘问最详尽,许多问题真是难以躲闪。

对于敌人提出有关我方机场和工厂位置的情报要求必须特别慎重,要注意防止顾此失彼,要考虑后果。例如,一九四一年二月德国人问"三轮车":"位于布赖顿与哈瓦顿之间的维克斯·阿姆斯特朗飞机工厂是否设在机场的西面?靠近机场的那一排厂房过去曾被陆军征用,现在是否已归还给工厂?是否已移作生产使用?这个工厂月产多少架威灵顿型飞机?这种飞机及部件还在哪些工厂生产?我们需要设在韦布里奇地区和克雷福地区两个维克斯分厂的草图。"一九四一年六月,德国人问塔特:"毗连哈瓦顿机场,在切斯特以西和布劳顿村以北一公里的地方,有维克斯工厂的地面上的设施,他们的地下工厂设在什么地方?现在是否已投入使用?"

这一类问题我们都要报请本土防卫部审核。关于农业、粮食、进出口、生活用品的分配、身份证件情况、空袭造成的具体损失、城镇人口疏散、士气、工业生产等情况也都需要分别报请有关单位审核。到一九四二年秋为止,德国人在情报提问中涉及英国三百五十四个工厂和单位。

在一九四一年,间谍人员的通讯联系主要靠三种方法,即无线电台、密写通信和在中立国当面接头,通过这三种途径,我们搜集积累了敌人的情报提纲和所提出的各种问题。从这些问题中可以判明敌人的意图动向。到年底时我们所控制的间谍所活动的地区已遍及奥斯陆、伊比利亚半岛(西班牙和葡萄牙)、汉堡、布鲁塞尔、布列斯特、巴黎和柏林。看来已形成一种模式，即由于每个间谍小组各有特点和专责，在小组内各个成员之间也就有许多共同点和相似之处。如在奥斯陆（或在奥斯陆属下的布尔根小组），他们多偏重在搜集气象情报上，而对于军事情报兴趣不那么大。但这种情况只有在北欧是如此，至于在英国的间谍，搜集气象情报的固然也有，但不是普遍现象。间谍活动所涉及的问题，是离不开一个国家总的形势的。在伊比利亚半岛上的两个间谍小组，设在里斯本的和马德里的，都奉命经常注意搜集军事情报以及美国军火、原料等运输情况，食品供应状况、居民士气以及船舶情报等，汉堡是统管伊比利亚情报事务的所在地，当然要布置搜集有关西、葡两国的内政情况、居民生活以及间谍本身感兴趣的一些问题，他们也坚持在可能的情况下注意搜集每天的气象情报，除此之外，主要是搜集空军情报。汉堡方面在布置任务时还有一个明显特点就是对每个间谍都规定了具体的活动地区。在布鲁塞尔的德国占领军情报组织集中注意英国邓杰内斯半岛，沿军事运河以及多佛—坎特伯雷铁路沿线的附属设施的变化情况，他们对英国东海岸的一切情况都感兴趣。在布列斯特的德国情报组织主要关心的是搞行动破坏。在巴黎的德国情报组织也着重搜集气象情报。由柏林直接指挥的间谍所得到的情报指示大都反映了大本营的意图而不是来自情报机关本身的，因而在内容上多偏重在政治方面和组织方面的居多。

最有意思的是在一九四二年年初，从敌人布置要搜集的问题当中更加明显地暴露了他们的意图和动向。例如，他们提出要搜集关于皇家空军的情报，在不列颠战役期间着重是关于英军战斗机机场的情况，而从一九四一年英国对欧洲大陆转入攻势以后，着重要搜集的是轰炸机机场而不再是战斗机了。在德国准备向英国登陆入侵时，从情报往返中也有明显征候。一九四〇年秋，敌方提出的问题很多是关于英伦三岛的防御设施，特别是东南沿海和东海岸的情况。换句话说，入侵已经箭在弦上，而我们在情报中给敌人的答复当然要想尽一切办法来夸大我们的防御力量，使敌人不敢轻举妄动。

敌方意图的改变也从食品方面的情报要求中反映出来。一九四〇年秋，敌人提出了许多这方面的问题，都是与他们计划中的登陆作战有关联的。例如，G.W 接到德国人指示除了查明几处食品仓库的位置外，还必须设法立即去破坏几个食品工厂和食品仓库。到一九四一年春，战争出现长期化趋势以后，德国人关心的不再是食品仓库的具体位置而是整个英国的粮食状况了，他们需要了解的是市民配售肉、牛油、油脂、蛋品的数量，还要了解供应证上列举的商品实际是否能买到。同年夏天，他们打算进一步查明从加拿大、美国和南美运到英国来的食品数量以及出售价格。

一般说来，一九四一年春天和夏天，德国人在对待英国食品问题的态度，不再是采取什么局部的破坏而是更加着眼于长期封锁的效果，他们更加注意的是由于食品短缺而带来的对士气民心的影响，以及食品价格的上涨对于广大劳动人民的影响反应等问题。在这个问题上，代号为"怪物"的德国间谍很受重视，他的情报主要是报道一些商品的零售价格的变化以及市民对商品供应不足现象的抱怨。一九四一年八月,我们起草了一份备忘录呈报给防卫部,说明德国人有一种趋向,即越来越多地注意他们的间谍的人身安全(其中不少人已接到指示注意隐蔽和不要再搞任何冒险活动),据此我们判断,到了一九四一年德国人已无意再搞什么大规模的攻势行动而是为今后保存和积蓄力量。这个意见很受防卫部的重视。

一九四一年秋天和冬天,德国人关于食品方面的情报要求有:塔特奉命探明八月间英国各种食品的零售价及库存情况,九月间又奉命查明一些地下食品仓库的情况。雷恩勃奉命查明一些粮仓特别是牛津大粮仓的位置。"怪物"奉命进一步报告了零售价变化及市场缺货情况。"甜威廉"奉命全面了解英国的粮食形势以及食品短缺对军队、政府和市民的影响。"巴龙"连续接到德国人指示叫他搜集关于食品供应、食品匮乏和美援物资的情况。

为什么敌人多方设法搜集我们的食品情报呢?我们放弃了过去老一套的解释,那就是敌人既然想刺探食品仓库的位置,其目的不外乎准备派飞机来轰炸或派行动特务来进行破坏。实际并不尽然。因为在战时,所有的重要食品储藏都是置于严密保护与防范之下的,无论轰炸还是破坏都不易奏效且可能得不偿失。从战役进攻的角度来看,食品储存情况是必须查明的一个重要内容,进攻部队需要了解它的确切位置,作为散播长效毒气的目标也有必要查明其确切位置,因此可以设想,敌人刺探我食品情报很可能同他们一九四二年春季攻势计划有直接关系。同时,我们还有一种分析,即这些问题可以看成是为计划中的攻势作准备,但也可以看成是为了战略封锁的需要,这从"巴龙"那里可以得到印证。此外,一九四二年一月十一日英国的伍尔顿勋爵发表讲话说,为了支援其他边远战区的需要,今后的商船运输不能再指望护航队的保护了。这件事也促使德国人更加肆无忌惮地加紧对我方的封锁,以进一步造成我方供应困难,从而使民心涣散,士气低落。但这个讲话也给德国人造成一个错觉,使他们误认为我们正向其他边远战区调兵遣将,从而在正面战场上可能从攻势转为守势。

我们在这里也许过多地谈了食品情报问题,只是想说明完全有可能从敌人所提的问题当中来判明他们的意图和动向。另外一个值得研究的案例是德国人派"三轮车"去美国活动所给他的一个情报提纲。这个情报提纲涉及不久以后即将爆发的珍珠港突袭事件的暗示,这种暗示是相当模糊又不易引起人们注意的。因为两面间谍"三轮车"在英国扮演了一个出色的潜伏间谍的角色,很受德国人重视。他曾两次去里斯本与德国人接头,一次在一九四一年一月,另一次在同年三四月。因此德国人对他是如此器重,并决定派他去美国,代表德国人去建立一支情报网。于是他在一九四一年六月二十六日离开英国,取道里斯本在八月十日带着德国人给他的情报提纲(微型胶片缩印在刊物的标点符号上)动身赴美。八月十九日我们从军情六处收到了情报提纲的复制件,经过双十委员会审阅并送请有关的军事领导人员参阅。这些微型胶片是在美国由联邦调查局洗印放大的,因此他们对于情报提纲的全部内容是完全清楚的,这些提纲也是德国人给"三轮车"的工作指示。德国人给他的主要任务是在美国重新建立德国的情报组织，因为原有的组织已被美国人发现并摧毁了。

整个情报提纲包括三张四开的打字纸，其内容有三分之一与夏威夷或珍珠港有关系。值得注意的是其他方面的问题大都是一般性的或属于统计学的问题（如美国防卫重点情况，关于佛罗里达州的情况，美国每月能生产多少架轰炸机、战斗机、教练机和民航飞机），但是关于夏威夷的问题则十分专门、十分具体，如关于指定的几个机场的详细情况，要求绘图说明，要求查明机场内飞机库、修理房、弹药储藏所、汽油库的具体位置等。还有其他具体问题，如关于珍珠港的国家码头、发电厂、修理厂、油库、一号干码头以及正在修建中的新的干码头的确切位置和详细情况。

"三轮车"是准备在美国进行长期活动并准备在东部地区住些时候的。但从提纲中可以得出这样的推论，即一旦与美国发生战争，珍珠港将成为首先遭到攻击的目标之一，而这一点早在一九四一年八月就明显地亮在美国人的眼前了，当然从这份情报提纲中得出何种结论那是美国人自己的事，但我们仍然认为从这个案件所获得的启示应该受到我们更多的注意。如果我们当时有更丰富的经验，一定会向美国朋友明确指出这个文件的重要意义。但是在一九四一年，我们在当时的处境之下表达自己的意见不能不慎重些，而且对自己的判断确实也不敢过于自信。应该记住一个教训，对于任何一份到手的情报提纲，它都可能具有比我们设想的更大的价值，绝不应该掉以轻心。关于德国人给"三轮车"的情报提纲将列在本书后面作为附件以供参考。

第六章 一九四一年的几项试验计划

除了情报斗争以外，一九四一年我们的主要兴趣放在几项试验计划和欺骗敌人的部署上。通过这些活动，锻炼了国内安全科和双十委员会工作人员的机智。这些计划和措施有的获得了成功，也有不少是失败和无效的。对于失败无须抱怨，其原因只有一个，那就是针对敌人搞大规模欺骗行动，我们还缺乏相应有力的指导方针和全盘打算，只能在本身力所能及的范围内搞上一点儿。例如，据说应该向敌人散布一种假象，即我们准备发动对丹麦的登陆攻势或准备进攻非洲的达喀尔，为此我们可以做出一些必要的安排，在军事人员协助下，搞一些假的部队移动，发出一些假的无线电码等，以迷惑敌人。但遗憾的是此事始终得不到上级的权威指示，即哪些事有利、哪些事不利，结果就无所适从了。

另外，有些计划是我们自己力所能及的并在进行过程中得到双十委员会中军事人员的支持协助，所以取得了显著的成功。一九四一年我们搞过的几项计划简要介绍如下：

一、"一号计划"。这是在双十委员会举行的第二次会议中决定的。计划内容是兴建一座假的弹药库，打算以此为诱饵骗引德国人来轰炸。三月间，这座假弹药库做成了，通过间谍塔特将这个情报发给了敌人，但不知为什么敌人始终没有来，毫无结果，最后只好把它拆除。

二、"施蒂夫计划"。这个计划是把降落伞和一部电台连同通讯密码投到德国内地，打算给敌人造成一种印象即有个我方空投特务已着陆并逃跑了。这样搞有两个目的：一是驱使德国出动大批力量去搜寻本来不存在的空投特务，耗费他们的精力；二是期望德国人看到电台密码，或许认为有文章可作，可能把它运用起来，冒充我方人员用此电台向我们发报联系，这样我们就可以仔细观察敌人怎样"欺骗"我们，看看他们搞什么把戏。由于后来有实际困难，这个计划没有实施，虽然过后曾一度旧事重提，只是想试一试这种做法。

三、"马卡维里计划"。这个计划是虚构在英国东海岸某地有一片布雷区,拟诱使敌人来上套。情报已由间谍"三轮车"发给了德国人,但未能引起敌人的兴趣。

四、"四号计划"。这是我们发给敌人一系列假文件当中的第一件。根据航空部的指示,应设法把德国人对我城镇及工厂进行轰炸的注意力引开,引向轰炸机场比较有利。因为他们来轰炸机场,我们防范较严,可以对付他们,但轰炸城镇和工厂,却往往给我们造成很大的伤亡和损失。于是我们设计制造了几份文件,和真的差不多,装在一个大的公文袋里,被人从某部的办公室里偷走。这些文件的内容是"空袭检查委员会"关于二月底和三月初对德国空袭造成危害的估计。在几份文件中从不同的角度故意谈到我方机场遭受的损失最为惨重,防卫也最薄弱,训练很差,还谈到我方许多飞机是尚未起飞就被炸毁的。这个公文袋所装的文件由G.W通过西班牙大使馆传递到德国。准确的效果如何很难推算,但在一九四五年德国空军部被我们占领以后,才证实这些"文件"起了很大的作用,德国人竟然认为它有莫大的价值并得出来正符合我们期望的结论,即认为轰炸英国机场收效最大,应作为今后纳粹空军进行轰炸的主要目标。他们的评论员在一个文件中这样写道:"英国的地面组织集中在东南部的一些机场,这些是皇家空军的致命弱点,有计划地轰炸这些地方将给英国空军以最沉重的打击。"

五、"佩珀计划"。这个计划是个离间计,企图使德国人怀疑他们自己在西班牙巴塞罗那城的总领事。以间谍赛乐里发给德国的情报为主,另外由德拉贡弗莱发出情报进行配合,效果如何尚不得知。紧接着一个更为精心设计的"帕珀利卡计划"产生了，这个计划是在比利时的德国特权阶层中进行挑拨离间，制造倾轧和互相猜疑的一项政治谋略，为此目的特地编造了一份相当长的密电，用密码提到一些姓名的代号，这个密电故意让德国人截获并叫他们猜测在比利时的德国当权人物中有人已经暗中参与准备同英国进行秘密和平谈判的阴谋。这个计划后来没有再进行下去，因为英国政治作战局不能做出决断，另外也是考虑到我们的两面间谍系统从事这样的高级政治谋略活动还稍欠成熟。

六、"米达斯计划"。这是一个成功的经济诱敌计划。我们自己单独地完成了这个计划而没有动用其他单位的力量。事情经过是这样的："三轮车"在里斯本向德国人汇报说，他认识一个经营剧场的犹太富翁，此人在伦敦有巨额存款而担心英国一旦战败会受损失，因此急于想把存款转移到美国去，于是搞了一个套汇的安排，即由"三轮车"在里斯本从德国人手中取出两万英镑汇往美国，另外由那个犹太富翁在伦敦将两万英镑现款交给"三轮车"指定的人，实际上也就是由德国指派专人在伦敦接受这笔巨款。对于这项建议，德国人大感兴趣，专门派了一位财政专家来到里斯本进行具体研究。最后由德国人将两万英镑交给了"三轮车"汇往美国，在这样干的时候，当然要暗中付出一笔为数可观的回扣奉赠给德国阿勃韦尔机关的经手官员。与此同时，德国人指派塔特去伦敦从那个"犹太富翁"手中取来了两万英镑，一切进行顺利，塔特立即向德国人报告款已如数收妥。

这个计划对我们很有利，使我们的人在德国人的心目中增加了信任，塔特变成了替德国人保存大量经费的可靠人员，他要向其他的潜伏间谍支付活动经费，也可以借此做更多的文章，我们掌握了这笔钱实际上就可以基本摸清德国在英潜伏组织的全貌。此外，"三轮车"搞了这样一笔大交易，使德国派驻葡萄牙的情报官员对他另眼相看，认为同他打交道有利可得，德国人认为他既有钱又有威信，因此对他的一切都很帮忙，打消了柏林可能产生的一切怀疑。

　　七、"公共汽车计划"。这是根据国防部提出的要求我们制造的一个准备在挪威进行登陆作战的假象。为此计划，我们动用的力量有德拉贡弗莱、巴龙、杰拉丁、马特和杰夫，最后这两个人担负了主要工作。我们从四面八方放出即将进攻挪威的消息，如在挪威的难民当中散布绘声绘色的传闻，什么登陆部队正在苏格兰集训待命，正在招募熟悉挪威沿海情况的渔民，挪威国王在苏格兰检阅作战部队，以及企业界人士已在准备在挪威开业等，汇集在一起，造成了相当的声势。

　　如何散布这些消息的细节并不重要。看来德国人对于我们准备入侵挪威的威胁是相当看重的，他们给了马特和杰夫二人五百英镑的奖金，鼓励他们进一步搜集详情。这个计划是在九月间开始实行的，但后来虎头蛇尾，未能善始善终，原因是没有更多的实际配合，如部队移动等。但是它再次说明如果认真对待，大规模的欺骗敌人活动是完全可行的。

　　八、"密考勃计划"。这个计划是打算向德国人介绍一名在英国新闻检查署的职员充当他们的间谍，这是个挑战性的试探，但没有成功，因为德国人对此不感兴趣。我们应该记住，反间谍工作的要素是有的放矢地做好防范。这个计划之所以失败，说明德国人并不打算在我们的新闻检查机关多做文章。新闻检查在上次大战中是间谍斗争的一个热门，但在这次战争中，德国人把它置于次要位置。

九、"盖·佛克斯计划"。关于行动破坏工作，也有这种情形。在大战开始时，我们有理由担心敌人在我方境内大规模地进行行动破坏活动。但在实际上，敌人的破坏行动或这种企图表现得并不很多。在战争初期我们曾经设想，而且这种设想应该说是正确的，即两面间谍斗争的主要重点应该放在反行动破坏方面。也就是说我们应当通过两面间谍活动力求及时捕获一切派来的行动特务。G.W就是一个行动特务，他最早接受的敌方任务就是在威尔士国民党员中物色发展特务，然后在威尔士进行行动破坏活动。敌人也和他探讨过是否有在我方水源中投放毒品的可能性。G.W在德国人面前总是轻视搜集情报工作，而以一个职业性的行动破坏专家感到自豪，他公然说叫他搞情报是大材小用。

马特和杰夫二人最初也是行动特务，所不同的是他们费了很大力气才说服德国人同意叫他们二人以搜集情报为主。但我们研究后认为有必要叫他们二人多少搞一点破坏活动，以便能使他们在德国主子面前挽回声誉，恢复信任，也可以多捞一点敌人的经费并进一步摸索敌方搞其他行动破坏的情报。更为重要的是，我们必须把纳粹德国最新式的爆破器材搞到手。为此英国国防部原则批准了这个代号为"盖·佛克斯"的计划，并于一九四一年十一月开始执行。计划包括对韦尔德斯通地方的一家食品仓库进行爆炸，当然实际是小范围的爆破。这次行动听起来很简单并不引人入胜，但实际上这是经我方批准由两面间谍在我国领土上所进行的行动破坏，这在第二次世界大战中还属第一次，而且实际进行起来相当复杂。要看到，德国人必然要从我们的报纸上验看这次爆炸事件的惨状究竟如何，而报上登什么只能根据记者的采访报道，如果爆破实际是小规模的，损失轻微，那么新闻报道也只能如此，因此我们在欺骗德国人的同时不得不采取一点措施也蒙蔽一下我们自己的舆论。

在这样的案件中，我们不得不请一位粮食部的高级官员和苏格兰场的警务专员帮忙。即使这样，在进行过程中仍然发生了不少棘手的问题。为了假戏真做，真是煞费苦心。爆炸既要有轰然巨响，震惊远近一带，引起熊熊大火，同时又不能使火势蔓延，造成过大的损失，以便消防队能及时扑灭它。在这以后，两面间谍还搞过行动破坏，但这是首次，确实积累了一些经验。

其他还有许多小规模的诱骗敌人的活动，够不上称为"计划"行动，多属配合性的活动，如我们多次向敌人发出过旨在制造混乱的假情报，如关于我们的防线技术设备情况、关于战时生产情况等，这在书中第十一章、第十二章还要介绍。这种行动都取得了不小的成功，一九四一年可以称为试验年，这是摸索和积累经验的一年。

老书新刊之谍战系列

第七章　一九四一年的间谍

  关于一九四一年间谍往来的探讨，早已成为历史的陈迹，现在有必要加以回顾。经营一个两面间谍小组，很像组织一个板球队，老的选手逐渐淘汰，陆续被新手所取代。那些训练有素的老手到了一定时候就会莫名其妙地屡栽跟头，而那些毛手毛脚新上来的小伙子倒能一再得分，在一场比赛中究竟谁胜谁负是很难预料的。如果把我们的两面间谍比成一支球队，那么这支球队必须是训练有素、值得信赖、能不断得到新的强有力的补充、随时可以投入战斗的一支劲旅。我们的选手在投入正式比赛以前应该得到充分的事先训练，困难就在于谁也不知道这种比赛在什么时候、什么地方、以什么方式进行，而我们最好的选手也许在比赛开始以前就丧了命。

我们这支队伍一次较大的变动发生在一九四一年年初，当史诺和他的一伙人垮台的时候（在这以前他一直称得上是个冠军）。一月间，史诺准备去里斯本和德国情报部的朗曹博士接头，他打算带赛乐里同去。赛乐里当时还算个新手，他在第一次世界大战期间曾在英国空军情报部的所属单位中干过，但在这次大战中他未能重新获得皇家空军的任命，在这种情况下他在德国人面前表示对自己国家有很深的不满，他这个人事业心很强并富于机智，他对史诺的一切活动始终留心观察，处处提防，他既盯了史诺的梢，也盯了国内安全科科长的梢，这都是他自己主动干的，没有人指使，或许他自认为是个地地道道的德国间谍。

我们的政策很清楚，就是要把窃犯转变为守门人，他被我们单位启用了，史诺带他去了里斯本并向朗曹博士推荐了这位新搭档。他们去里斯本是准备接受德国人的特工训练，然后再返回英国继续活动。我们派赛乐里去，也有具体打算：第一，澄清并报告史诺在国外的活动表现；第二，对德国人在葡萄牙的情报组织进行观察了解；第三，如果可能，应设法打入德国，向其情报机关渗入并设法搞些情报回来。

这两个人去里斯本以后，到底发生了什么事，至今还有待于证实。史诺是乘飞机走的，先到里斯本，赛乐里乘海轮随后前往。后来根据史诺交代，他到了里斯本突然受到朗曹博士的粗暴审查，说他背叛了德国人，说他把无线电通讯等一切机密都出卖了。另外根据赛乐里的交代，在他到里斯本时，史诺根本没有提发生过什么事，经过一系列准备工作后，赛乐里被送到德国，主要是在汉堡，待了三个星期。他最初受到一阵难以忍受的审讯折磨，困难被他克服了，渡过难关以后，德国人又殷切款待他，还游览了市区。这个时期的史诺，由于疾病、酗酒和嫉妒，一个人留在里斯本。后来俩人一同回到英国，带回来德国人发给的最新破坏器材包括自来水笔炸弹和一万英镑的特工经费。

由于这两个人所说的情况互相矛盾，于是对他们分别进行了彻底的审查。如果史诺把一切都向敌人泄了底，为什么赛乐里到了德国以后没有遭到杀害？除非他也秘密投靠了敌人。另外，如果他们都向敌人告密了，德国人还有什么必要给他们一万英镑呢？如果真的像史诺自己所说的那样已经"看穿"了德国人的把戏，他为什么不向赛乐里提醒去德国以后可能有危险？史诺说他向赛乐里提醒过，而赛乐里坚持说没有，说只有从伦敦出发以前得到过这方面的一些指示，从而有一些思想准备而已。由于各执一词，各不相让，真比古代的斯芬克斯谜语和圣经中"三位一体"传说还难以弄清。在经过反复的审查以后，我们认为较大的可能是史诺并没有"看穿"德国人这次搞的突然袭击，但他的遭遇和处境确实太复杂了，使他不得不编造一部分来掩饰自己，结果越描越黑，到最后也改不过口来了。

不管事实真相如何，还得要对付一下德国人，把最低限度的情报由史诺的电台发了出去，通过电台向德国人报告说，史诺患重病，精神和健康都已恶化，无法继续活动，已将特工器材隐蔽妥当，需要暂时隐蔽休息，于是史诺案件就这样宣告结束了。与此有关的赛乐里、比斯凯特、查利等几个案件也都结束了。虽然，赛乐里仍然被派出去一次，去里斯本，但这次是失败的使命，他卷入了商业投机活动无法自拔，最后逃得无影无踪。

这次失败的结果并不像开始设想的那样严重。G.W本来是史诺手下的人，以后接下去继续活动。他同西班牙籍德国特务戴尔·波佐进行了接触，共同策划了在威尔士展开破坏活动的问题。一月间，戴尔·波佐建议一旦领到经费，俩人可以买辆汽车，专供搞破坏行动使用。至于G.W本人，前面已经谈过，一向在德国人面前抱怨说他作为一个行动手的作用被低估了。这两个人的合作由于二月间戴尔·波佐短期离开英国而暂告中断，直到六月间G.W才通过西班牙大使馆一位守门人的帮忙而与波佐恢复了联系。后来他又设法取得了西班牙大使馆新闻专员卡尔沃的信任，他干得十分出色，居然能够通过西班牙大使馆的外交邮袋把一些最重要的文件替我们传递出去。这些文件包括军队标志符号，空袭造成的损失状况以及关于马耳他使命的专门报告等。事实上，在我们的所有间谍人员中，G.W是最善于传递文件的能手，特别是许多文件由于内容过多，不可能通过电报解决，能不能安全传递，事关重要。

我们老班底中的其他一些人继续在活动。塔特在德国人心目中，是个所谓的"自由间谍"，因为他一直没有个正式职业，不得不为糊口而到处奔走。他最初被派到英国时,没有解决好这个问题,当时德国人过于乐观地认为随后就可以源源不断地接济他,但实际并不是这样简单。后来塔特的钱花光了,不得不告急求救,史诺奉命通过挂号信给他寄去一百英镑。后来他又同雷恩勃联系,想从这里取得接济,还研究过是否可以派飞机来空投下五百英镑,最后这个意见被德国人否决了,德国人通知他,将有一位从汉堡来的朋友给他把钱捎过去,这给了他新的希望。

为了领取经费,德国人给他规定了一系列复杂的接头联络办法,先后规定在里根大饭店、戴德美术陈列馆和大英博物馆等地接头,但一次也未能联系上。随后又通知他将派第二位朋友来接头。实际上里克特,即塔特期待中的第一个朋友,潜入以后立即被我们逮捕,不久即处死刑。因此这不能怪他失信。最后德国人提出一个办法,叫他在某天下午四点去维多利亚十一路公共汽车终点站,准时登上公共汽车,在车上将会看到一个日本人左手拿着一份《泰晤士报》和一本书,塔特应该系红色领带,左手也拿一份报和一本书,在走过五站以后,两人应同时下车,然后换乘同一路线的下一辆车,在确认联络暗号以后,那个日本人将会交给他一个纸包,里面就是经费。塔特听了德国人规定的这套办法以后指出,十一路公共汽车的终点站已不在维多利亚了,他建议改乘十六路公共汽车。在经过种种曲折以后,终于完成了这次接头。英国特别部秘密监视了接头的全部过程,拍下了照片。接头以后,那位日本人若无其事地直接返回了日本驻英大使馆。经过查对,他原来是日本驻英大使馆武官处海军副武官干典良枝海军少佐。

　　这件事情的详细过程无关紧要，但不用多说谁都可以明白在一场情报斗争中忽然出现了一个中立国家人士参与了活动是多么重要的发现！七月间，塔特由于"米达斯计划"（前面已有介绍）而接受了两万英镑的巨款。这使人想起当初他为了一点小小的接济而不得不到处奔走，他的辛苦是有代价的，德国人觉得他毕竟还是可靠的，因而在最后给了他应有的信任，叫他领取和保管这笔巨款。

　　由于塔特获得了这笔巨额的特工经费，他的地位空前有利，有巨款在手，他就可以作为借口，不必再到处乱跑，同时也可以避免回答许多难于逃避的问题，他都可以抬出保护经费作为理由而进行搪塞。九月间，他告诉德国人说，他受到了警方的传讯，问他为什么不进行兵役登记？他说这件事幸亏有个朋友帮了忙，因为他曾帮助过那位朋友的女儿，因此这位朋友出面证明他是该公司的高级职员，并且真的把他聘为公司的左右手，由于获得了这个显赫的地位当然可以免服兵役。但是塔特必须从此真正在公司里工作，只有星期六才能出来，因此就不能再接受德国人叫他去外地出差的任务。但随后他又遇到了一个新的难题，德国人说他现在已经是个富翁了，应该进入高级社交层，结交一些重要人物，以便从中获取情报。为了将来着想，我们替他做了安排，向德国人诡称他通过公司老板的小姐认识了一位在某部充当密码译电员的小姐，这位译电员后来又被调出来暂借给美国盟友工作，毫无疑问这位小姐是个极其重要的情报来源。后来我们又编造说塔特患病，派了我们的报务员模仿他的手法给德国人发报，居然没有被德国人识破，从此我们干脆就用我们的报务员来操纵塔特的电台了。

德拉贡弗莱的案子平稳地进行着，德国人知道他在本乡的粮食局工作，为了争待遇，他曾经同德国人之间有过一段很长时间的讨价还价，德国人对于他的气象情报一直很感兴趣。另外，关于雷恩勃，其处境比我们预期的还要好些，他原来在温斯顿夜总会的乐队里充当钢琴师，德国人在一九四一年年底把他的年薪增加为一千英镑，并希望他能转移去伦敦活动。一九四二年二月他在伦敦一家工厂找到了工作，他的情报也从此逐渐转到工业和经济方面来。

"三轮车"在这个时期也很兴隆。对于德国人发出的问题他的回答总是恰当而得体。一月间，他去里斯本，同德国特工头子冯·卡尔曹夫进行了多次成功的会晤，共同讨论了今后的活动计划。德国人说如果他能找到合适的人来接替他在英国的任务，并且能够进一步找到掩护职业，就同意他转移到美国去活动。为此他在二月间回到英国进行安排，他在英国发展了两名特务：一个叫巴龙，原为陆军军官，现在在一家工厂里当秘书，这个工厂生产小型武器，他由于待遇低，经济困难而辞职；另一个叫杰拉丁，是个奥地利血统的女人，过去曾为军情五处工作过，与政界人士交往较多。"三轮车"发展的两个人互相不认识，巴龙回答德国人所提出的关于技术和军事方面的问题，而杰拉丁回答政治方面的问题。

三月间,"三轮车"再次去里斯本,带去了情报提纲的答案和一份英国东海岸布雷区的示意图,告诉德国人说这张图是从一个英国海军军官那里弄到手的。德国人批准了他关于巴龙和杰拉丁的推荐,但认为那张图已经过时了,没有像我们预期的那样重视。"三轮车"又回到英国,对巴、杰二人做了具体安排。六月间再次离开英国,按照"米达斯计划"取道里斯本转去了美国。他所发展的巴龙,在他走后很受德国人的器重,完全接替了他的位置。但是杰拉丁的情报,也许是涉及政治问题不易处理,始终未能引起德国人的重视。

在此期间,又有一批批新的间谍不断加入我们的行列。马特和杰夫是一九四一年四月七日潜入英国的。他们是由从挪威起飞的一架德国水上飞机运送到英国的莫里湾南岸附近,换乘小艇,偷登上岸。上岸以后便立即向当局投案自首。他们携带有一台收发报机,一些特工经费,伪造的并且也已过时了的食品配售券,炸药和雷管以及自行车等。马特的父亲是挪威人,母亲是英国人,他本人出生在伦敦且具有英籍,他能说流利的英语、德语和挪威语。杰夫是挪威人,也能说流利的英语。

这两个人的第一项任务是在苏格兰爆破一个食品仓库还有其他一些目标,他们随身携有燃烧弹的使用方法说明和关于指定的几个爆破目标的详细介绍。第二项任务是利用电台报告轰炸效果、部队移动和居民士气的情报。在马特坦白交代以后,我们准许他自由地住在伦敦并在我方监视下与德国人通报联系。杰夫,从个性气质上看,不那么使人相信,被我们先放在马恩岛上监禁，后来转押在司塔福监狱和达特木尔监狱。为了欺骗德国人，诡称马特已经加入了英军，平时不准外出，只能偶尔通讯联系；另外诡称杰夫按照自己的特长，已经找到了一个工作，在审查挪威难民的机构中当翻译，但后来由于惹了其他麻烦，被在英国的挪威军事当局强制送到冰岛上去了。他们与德国人的关系，一直保持着良好状态，电台一直维持联系，十月间停了一段，德国人有点不放心了，但到十一月底由于韦尔德斯通附近的爆炸案又使德国人恢复了对他们的信任，马特继续用电台联系，看来他的德国主子对他的印象颇好。

凯尔莱斯原为波兰空军驾驶员，一九三九年被德国人击落，后来住在法国转赴西班牙。在西班牙与德国人搭上了关系。他的案情比较复杂，因为在他一九四一年七月来英国时，有三个同行的波兰人都对他进行过检举揭发，但他成功地掩护了自己并继续和德国人进行密写通讯联系。他是一个很难对付的、性格无常的人，但后来他爽快地答应我们做一个两面间谍。德国人给他的情报任务主要是了解美国对英国的航空援助情况、美援物资的运输路线以及皇家空军的动态。十一月间，德国人又指示他设法潜入一个军火工厂去了解生产数字并搜集了解英国防空炮火的情报。

据德国人了解，他家住在英军防空气球阵地的附近，因此他能不断地将一些防空炮火特别是关于防空气球方面的情报发给德国人。这些情报都按我方意图进行了渲染和夸大，使德国人感到我们的空防戒备很严，因此就不敢轻举妄动。

法瑟是一九四一年六月潜入英国的，原是个出色的比利时空军驾驶员,比利时沦陷后他与德国人发生联系,他的实际目的是想借此逃离占领区。德国人最初想派他去美国活动,由于无法获得入境签证而改派到英国,任务是设法混入皇家空军并偷一架飞机开回到被占领的法国。由于他最初是准备被派往美国的,德国人曾给了他在美国收听广播通讯指示的频率和收听时间,并说到了美国以后,不难搞到收发报机,他还领取了密写药水。到英国以后,他曾多次试用在美国的收听频率来试听德国人的广播指示,但在英国收不到。德国人为了与他联系,便通过德拉贡弗莱与他通电话,传递指示,但这两个人都不大懂对方的语言,理解有困难,德拉贡弗莱报告德国人以后,德国人为法瑟安排了一个专用的频率,从此以后就可以直接从广播中收听德国的特工指示,而他回答德国人仍采用密写通信方法。在紧急情况下,规定他可以通过德拉贡弗莱进行联络。

案情的发展很有意思。第一,他们采用的通讯联络方法(敌方来的指示用无线电广播,给敌人发出情报用密写)是比较安全稳妥的办法。第二,法瑟是一个高水平的驾驶员,他是能够观察了解英国空军的技术水平的。由于他有精湛的专业知识,因此英国的有关当局一直担心怕他会走漏重要消息。他本想有机会能驾机飞行,然而人们确实怕他真的驾机逃往欧陆。其实,这个人是完全忠实的,只是在当时还没有弄清罢了。当时也没有敢叫他发假情报,因为他的妻子儿女仍在德国人手中,我们怕万一露了马脚而影响他们的安全。

地位较低的两面间谍中有个叫斯克鲁非,是个比利时水手,九月间潜入英国，带了质量较高的密写药水和在里斯本的一个秘密通讯地址。将他控制以后，我们放出消息说他在一艘海岸轮船上工作，并故意把他与敌方的联系搞得漏洞百出，目的是想叫敌人看出来他已被我方控制并使敌人认为我们在经营两面间谍工作上十分低劣，以便借此来掩护其他案件，但事与愿违，德国人竟然没有看出他的明显漏洞，我们的目的没有达到，只好中止并放弃了这个案件。

甜威廉，是个受西班牙大使馆雇用的英国籍职员，他的工作是整理发往西班牙的新闻摘要。他被那个有色人种的西班牙籍纳粹特务阿尔卡扎发展，后来被我们拉了过来并利用西班牙的外交邮袋为我们传递情报。另一个间谍斯纳克，原为南斯拉夫的民政官员，曾打算返回祖国未成而被德国人网罗并于七月间派来英国，根据她的训练和特点，德国人叫她搜集食品等方面的情报，给她的密写药水还是相当高级的。另一个人是巴斯凯特，爱尔兰人，是七月间空投在爱尔兰的都柏林附近的，带有两部电台、四百英镑经费和高级密写药水，他受到很高评价，因为他在北爱尔兰自动地向我们投案自首，他的第一个任务是在司利谷用电台报告气象情报，当时没有允许他这样做，从而失去了利用电台的条件，后来他仍然用密写与德国人保持了联系。

这样，陆续有不少新人补充了进来，到一九四一年时，我们这支两面间谍的队伍已经相当可观了，新的补充超过了旧的损失。

第八章　一九四二年的进展

一九四二年初,从某种意义上说是个暗淡的阶段。一些对两面间谍内情熟悉的人都强烈感到我们手中的这项武器没有能够充分地发挥效能。按照本书在前面所谈到的关于两面间谍工作的七个基本作用来看,就会感到反间谍工作本来是其中最重要的一项作用,但恰好在这方面与实际相比较,可能是做得很不够的。至于情报工作和欺骗敌人这两个方面,我们也感到很少注意从敌人的情报提纲上来搜集对我们有益的情报,而且是过多地利用两面间谍系统向敌人传送一些旨在进行欺骗的假情报。这个时期，军情五处和六处的工作虽然干得很出色，但上边缺乏得力的指导，使他们未能充分发挥。

我们进行了种种努力，想从双十委员会得到强有力的领导和支持，我们希望有个更为积极的政策。应该指出，如果我们确实掌握了德国人部署在英国的整个情报组织并已控制了整个与德方之间的无线电秘密通讯，那就没有任何理由不能运用这些有利条件，发挥我们的聪明才智，去影响和摆布敌人，使之向有利于我方的方向发展。国内安全科科长也提出了批评，他认为我们与高级领导机关联系不够，如果两面间谍系统能更好地运用起来，就应该更多地致力于行动方面而不仅仅是在情报方面。

获取更为有力的领导，并不是很容易的。在民事工作方面，国内防卫执行委员会所奉行的方针当然是防御性的，因此他们向我们所发出的指示不外乎是如何防止敌人获取有关我工业损失的确切情报，防止敌人摸到我工业要害的具体目标等，在国民士气方面总是要求我们要说得高涨无比，虽然对于一个真正的间谍来说，了解国民士气如何可能是他最不重要的目标。因此，国内防卫执行委员会尽管对两面间谍工作和未来的情报工作建设给予了莫大支持，但在一九四二年开始阶段，他们在指导工作上对我们的帮助不大。

就国防部来说，同样也主张关于士气、训练、装备等方面要尽量吹嘘。他们不大赞成搞冒险活动。本土防卫军明确提出说：如果要以付出情报这样高的代价来换取控制敌方间谍组织是不必要的。他们还提出说，鉴于我军行动计划经常处于变动之中，很难向间谍人员规定哪些是假情报，哪些不是假的。他们主张索性放弃间谍人员与敌方进行的拉扯，并主张采取一切措施防止敌人在我方建立任何情报组织。

皇家空军在一九四一年十一月间曾向我们发布了一份明确的和实际可行的指示，在本书前面一章已经引用过了。他们指示我们要在情报工作中故意向敌人夸大我空军训练过程中的坠机事件，说明训练低劣；还要设法把敌军的轰炸目标从城市引向机场方面；不要向敌人透露任何兴建中的机场情报，要故意贬低我军新型飞机和引擎的性能；要在情报工作中注意敌空军各种机型如何混合编队，敌机场周围的布雷情况；关于我军机场要故意表示防守严密，飞机很容易疏散隐蔽等。所有这些都是为了给敌人制造错觉。这些指示对我们很有用，但可惜后来很少再有同样的具体指示。

海军总部的政策很清楚，他们允许我们把尽量多的情报发给敌人，也鼓励我们尽量多地运用间谍人员，其目的都是为了在今后关键时刻开展大规模欺骗敌人行动做准备。在这个时期我们已经在进行"特别欺骗行动"（在本书第十二章另有介绍），并将一些计划中尚未实施的军事部署情报事先发给了德国人，目的在于给敌人制造混乱并制止敌人的进攻意图。此外，我们在情报工作中还故意地夸大我方海军护航队的威力、舰艇的火力以及海军武器的先进，以迷惑敌人。

所有这些政策性的工作指示并没有从根本上扭转局面，我们的两面间谍这个武器仍然没有充分发挥效能。人们感到双十委员会的情报审查机构越来越像个剪裁部，它的主要职能似乎就是剪裁和否决大部分我们为间谍人员所准备的情报材料。当然我们对于某些情报会被上级卡住是在意料中的，但我们感到关于情报工作中的"得"与"失"衡量不够，结果往往单纯防守，尽量不丢什么。在这种情况下，我们费尽心血建立的这一套组织就很难发挥什么作用了。试想，如果连我们自己都心中无数，怎么能恰当地向敌人发出假情报呢？如果连我们自己都摸不准上级的全部意图，怎么能搞好欺骗敌人的计划呢？

　　虽然从长远的观点看问题，双十委员会的情报审查机构采取这种卡紧卡严的方针也许是正确的。因为一种工作设想，不论怎样深思熟虑，都未必能获得预期的效果，而轻率的、不成熟的行动足以破坏我们自己的工作。国防部和本土防卫军都指出我们当前仍然处于防御阶段，而欺骗敌人的行动手段现在还不能充分施展，要等到转入进攻阶段时才能放出来发挥真正的作用。就防御而言，重要的是隐蔽自己，就进攻而言，就可以充分利用假情报，到处迷惑敌人。为此目的，就必须在平时准备好一批让敌人信得过的间谍人员可供使用，一旦到了真正需要欺骗敌人时，他们的巨大价值就会迸发出来。换句话说，我们必须朝前看，紧紧盯住未来，以便在时机成熟时，开展真正的战略性欺骗行动。那些战术性的，小规模的欺骗行动虽然也有一定作用，但相比之下是微不足道的。

　　因此，可以得出这样一个结论：必须有一个有权威的、高度集中的管理战略欺骗行动的机构，还要有一套周密的、慎重的、有远见的计划与政策。欺骗行动总指挥官必须是有职有权的，并且要在实际上了解整个的战略计划和武器装备等情况，这样才能正确地执行欺骗计划与掩护计划。如果按照上面说的这样解决，我们当然会感到满意，否则，这项工作势必时断时续，起色不大。如果有一位地位很高的官员来主持欺骗行动，结果当然会好一些。这种解决问题的办法，不论在理论上还是实际上，都比把我们这个单位拆开而将欺骗敌人这项工作并入"特别行动部"要强得多，那种办法是将反间谍工作和情报工作剩下来单独搞。如果那样，就会使问题复杂化，会严重地影响长远的间谍建设工作，只能为眼前利益搞一点短促突击，但两面间谍工作的价值恰恰在于长远方面。

在此期间，我们的工作有一些局部的改进。我们发现，虽然数量不多，但有时会遇到一些属于政治性的问题。这类问题我们很少有人懂得如何恰当处理。为此，我们认为应该与政治作战部建立更密切的联系。举例来说，处理一封来自意大利战俘的信件，其中很可能涉及意大利人与德国人之间的矛盾不和等问题。从理论上说，两面间谍这个武器，不仅能在军事问题上同样也能在政治问题上发挥作用。这些问题没有能按照我们预想的那样彻底解决，但是外交部的卡文迪施—本廷克先生（他兼任英国联合情报委员会主席）被授权帮助我们处理政治性问题，并取得了国防部的同意。实际上我们后来遇到的政治性问题不多，但每当需要时，卡文迪施—本廷克先生都给了我们帮助与支持，直到

战争结束。

我们曾试图发展在科学技术方面进行欺骗敌人的活动,这方面搞过几次,但都遇到了专题方面的困难,更主要的原因是双十委员会受到秘密工作部的限制,直到一九四二年六月为止,双十委员会的成员中,只有现役军人和军情五处及六处人员才有权阅看秘密来源的材料,而国内防卫执行委员会和本土防卫军人员则无权接触这些材料。这样在研究讨论一些问题时就产生了困难,有些人不了解情况怎么能参加讨论呢?最后双十委员会不得不给秘密工作部写了一个公函提出这个问题,秘密工作部终于复函同意双十委员会的每个委员都允许参阅秘密来源的材料(指与两面间谍工作有关的部分),这样问题才得到解决。

七月间有了进一步的改进,为了更好地提高工作效率,国防部决定每个军种都应指派一名负责的军官全天地或基本上全天地参与两面间谍的工作,同时也向盟军统帅艾森豪威尔将军以及斯塔克海军上将提出建议,请他们派出美国陆军及海军军官参与处理有关美军的一些情报问题。年初,六处还提出一项建议,即将已经暴露不能再使用的间谍人员全部移交给双十委员会,以开辟一项新的工作领域。总的来说,过去虽然在他们身上花了不少工夫,但现在收效不大,没有能从他们身上获得多少德国人的情报。

现在言归正传,再回到主要的争论点上。两面间谍这项工作现在已经建立起来了并且已经正常地运转了,它已取得了某些成就,特别是在保卫安全和反间谍工作方面。按照我们的想象,它在欺骗敌人方面，效果就不那么显著了。解决这个问题，必须建立一个专门管理欺骗行动的机构，同时要向有关的高级首长汇报介绍我们单位在这项工作上的职能和作用。我们感到幸运的是关于建立专门组织的问题，已经引起了许多重要人物的注意。

欺骗敌人的行动，真正的成功是一九四二年年初在中东方面搞起来的，在这次行动中两面间谍起了作用，尤其是奇斯，他是在中东活动的一个著名的间谍，在一九四一年一度受过挫折，但在一九四二年又大显身手。后来在英国，总参谋部指派斯坦利上校担任欺骗行动的总指挥官，到一九四一年十月为止，斯坦利上校负责协调所有的战略性欺骗行动，他了解我们与德国人之间的各种联系渠道，他的一个助手专门留心观察这方面的动态。一九四二年，中东战线总司令韦维尔爵士决定要对德国人进行一次重要的战略欺骗行动，总司令的这个决定可能是促进工作的转折点。

一九四二年五月，贝文上校接替拉姆利上校担任欺骗行动指挥部的参谋长，同年六月，贝文上校升任欺骗行动指挥官。到了一九四二年夏天，战略欺骗行动无论在英国本土还是在中东，都广泛地展开了，当时我们拥有一套训练有素并经过考验的人马可供指挥部调遣使用，局面与过去大不相同了，过去由我们自己零打碎敲地搞一些小型的欺骗行动，现在则统一纳入到指挥部战略计划内了，我们按照指挥部的计划要求，提供执行任务的合适人选。

如同战时的其他工作一样，欺骗敌人的行动随着形势发展的需要在不断地展开。有人说，只要思想认识问题解决了，那么在战争开始时就应该建立搞欺骗行动的专门组织，但实际上这不大可能，因为许多经验正是从无数次小型活动的实践中积累起来的。通过一系列小规模的欺骗行动，我们才摸索到了使用两面间谍可以搞哪些活动以及不可以搞哪些活动。如果没有这些实践基础，想从战争开始时就建立一套欺骗行动的专门组织，那就只能是纸上谈兵，搞出一些干巴巴的不切实际的计划来。

五月间，斯温顿爵士提出建议要同路易斯·蒙巴顿勋爵举行会谈，以研究怀特岛地区的间谍使用问题。他建议让间谍人员德拉贡弗莱的活动范围向邻近地区移动靠拢，以便由他来向德国人提供整个怀特岛的情报，其目的是想借此防止德国人再另起炉灶，在怀特岛另搞其他间谍情报组织，因为那样对我们很不利。他还建议岛上的各种设施均应暂停活动以彻底向敌人封锁消息。这个计划最后没有成功，因为德国人早就对怀特岛注意并下了本钱，很难完全隐蔽。现在回想起来，当初对法国迪埃普的轰炸如果事先我们的隐蔽工作搞得好些，轰炸效果会好得多，我们的损失也不至于那么大。

在搞欺骗行动的指挥机构统一以后，问题就转移到另一个方面去了。现在的问题是出现了一种新的趋势，即将一切主要精力都越来越多地集中在欺骗行动上了，忽略了其他一切。一九四二年八月，海军情报部在一份提请国防部领导成员传阅的文件中公然建议说，双十委员会应该完全隶属于欺骗行动指挥部，认为这样可以同总参谋部以及联合计划委员会联系更密切，他们还建议由欺骗行动指挥官贝文上校来兼任双十委员会的主席,统管一切。这个建议实际上是打算把整个两面间谍工作变成欺骗行动的一个分支。

贝文上校本人并不赞成这样调整。他认为两面间谍是实现欺骗行动的一条重要渠道,但他不想由他本人来直接管理这些间谍人员,这会使他忙得疲于奔命。国防部也表了态,说两面间谍系统不仅可以致力于欺骗行动,同样也将在反间谍工作和情报工作上发挥作用。大家都同意秘密工作部和军情六处关于两面间谍工作作用的评价,因此,两面间谍工作机构决定不变并得到了加强,即贝文上校以欺骗行动指挥官的身份参加了双十委员会,成为正式的领导成员之一。

我们改进工作的效果很快就显示出来了。到了一九四二年十一月间,第一次大规模的战略欺骗行动组织起来了。这次欺骗行动主要是为了掩护北非登陆战役的。这次战役的代号是"火炬行动"。本文不是叙述这次欺骗行动详情的,但是有必要简要地说明一下这几次欺骗行动是怎样搞的并说明一下两面间谍所起的种种作用。

为了掩护"火炬行动",我们搞了两个掩护计划:"独唱一号"计划和"推翻"计划。这两个计划是在七月间拟就的,主要是在挪威和法国北部海岸一带部署佯攻。八月底,这两个计划被通过批准,决定由间谍人员法瑟、马特和杰夫、塔特、加宝、德拉贡弗莱、凯尔来斯、巴龙和杰拉丁等人参与这项活动。为此目的,我们将大批的情报素材分配给了这些间谍人员供他们使用。这个时期德国人正在千方百计地刺探我们开始进攻的日期和具体地点。"火炬行动"是个极为成功的战役,从战役的效果来看,应该给予战略欺骗活动以应有的评价,因为在十一月八日当我们的队伍在北非像潮水般蜂拥登陆时,德国人完全没有准备,大吃一惊。当然这种作用不应完全归功于欺骗行动,但不可否认的是,两面间谍确实起到了重要作用。

对挪威和法国北海岸的佯攻,虽然都有一定效果,但使德国人受骗这并非最主要的因素。老实说,看来主要是德国人自己欺骗了自己。他们最严重的错误就在于他们顽固地认为我们没有进行战略登陆所需要的足够船舶。随着形势的发展,他们也在分析我们可能在某处进行登陆反攻,但估计不会是大规模的,而且他们分析登陆地点很可能选在达喀尔(注:在塞内加尔)。十一月六日,土耳其驻意大利大使说,在罗马的德国人坚信现在在直布罗陀集中的盟军显然是准备进攻达喀尔的,他们怎么也没有想到我们打击的方向会在地中海沿岸。关于可能进攻达喀尔的分析看来主要是来自柏林而不是来自英国。"火炬行动"的真正成功,我们认为,不在于怎样地欺骗敌人,而在于我们的真正意图与计划使敌人一直蒙在鼓里,毫无所知。也可以说,这是保密工作的重大胜利。

从两面间谍工作角度来看,我们可以从这次重大战役中学习到许多事情。我们感到,为了实现欺骗敌人的效果,很重要的是保护那些最重要的机密,使它不致流入敌人手中。另外才是向敌人发出一些假情报。关于假情报,无论是我们编造的关于直布罗陀的情况还是对挪威的佯攻等各种假话，都应该搞得更为逼真一些才好。

我们感到幸运的是，我们的间谍人员并没有因为德国人受了骗而遭到任何危险。对于德国人来说，他们在受骗后的第一个反应当然会感到耳目不大灵通，而第二个反应竟然认为这些间谍人员忠心耿耿，干得还不错。他们认为像这样大的战役不可能没有掩护性活动，他们认为对挪威和法国北部海岸的佯攻既然最后证实是英国人精心策划和炮制的，那么目击这些表面现象的间谍人员就很难分清真伪而不受愚弄，而且德国人还认为参加佯攻的军队本身也未必真正了解他们究竟是准备去什么地方登陆，因此间谍人员的受骗上当就成为理所当然和不可避免的了。事后这些间谍人员只是被德国人提了几个问题，在他们讲了讲经过以后，德国人便没有再为难他们。以德拉贡弗莱为例，十月十八日德国人问他："你是否曾有印象觉得敌人是在准备一项大的军事行动？如果有，是针对大西洋还是非洲？"他的回答是这样的："据了解，有些军人相信不久将进攻法国的迪埃普，但更大的可能是指向法国北部海岸。至于法国南岸，没有看到任何针对大西洋或非洲的行动迹象。但在报纸上并且有许多谣传说将对达喀尔有行动。"对于这样面面俱到、无懈可击的答复，德国人很难责怪他。

当然，在"火炬行动"以后，德国人会发现我们是采取了大规模的掩护行动的，这就使他们在今后更加谨慎，更加注意去搜集了解具体的情报，以便做出正确的判断，以防止继续受骗上当。

第九章　一九四二年的间谍工作和历史

本书中所叙述的有些事情如战略欺骗活动再次占了突出地位,这项活动是在一九四二年秋形成高潮的,但有关这方面的活动历史应追溯到一九四一年年底,一直延续到一九四二年年底,这在本书的第七章中曾经提到过。战略欺骗的重要性被突出以后,两面间谍工作的其他职能并没有削弱,反而得到相应的加强。

大家都了解，在进行欺骗敌人的活动中，最重要的是如何指挥间谍人员向敌人"灌输"。因为你不可能直截了当地告诉敌人说，某某战役正在准备就绪或某某部队正在训练要去北非或挪威登陆，这样敌人是不会轻易相信的。在我们已经全部控制了敌人情报网的有利条件下，应该不断地向敌人灌输一些包括具体事实的情报，不断渗入，给敌人加深印象，最后让敌军参谋部自己做出错误的判断结论来。为了使敌人上钩，有的情报不要主动地送给敌人，主动给他情报未必使他相信。作为两面间谍的第一个任务，应该懂得如何最恰当地回答德国人所提出的问题，要用你的回答来牵引敌人，使之向有利于我们的方面发展。因此，我们的主要任务就在于：一是保持一批有活动能力的、能适应各种变化的间谍人员队伍，由他们来组成德国人在这里的间谍网，当然都是在我们的实际控制之中；二是要向德国人不断提供一些内容确凿的情报，以满足敌人并借此取得敌人的完全信任；三是逐步设法把我们的间谍人员安排到从地理上和工作条件上都有利于完成任务的位置上来；四是一旦需要欺骗敌人时，我们的间谍人员要能说得振振有词，有声有色，使敌人深信不疑。

现在谈谈我们这支队伍在一九四二年的情况。这年一开始，我们就遭到一个不幸，二月间损失了 G.W。他的不幸逝世，不是由于我们的过错，但我们也确实没有料到。事情是这样的：一九四一年六月间，他开辟了一条重要的情报通讯渠道，开始与西班牙大使馆的卡尔瓦建立了联系，通过卡尔瓦向我们传递了一系列极为重要的文件。不幸的是西班牙人在英国也有个庞大的间谍网，他们终于发现卡尔瓦有嫌疑，决定对他逮捕突讯，以便肃清内部的潜藏敌人。我们虽然利用东道国的合法地位向西班牙人提出了强烈抗议，但毫无效果，卡尔瓦终于被捕，而 G.W 的命运也就这样被断送了。这对我们来说，是个严重的损失，他是我们间谍人员中最善于获取敌方文件的一个人，他的价值是无法估量的，他的遇难也使我们其他几名间谍人员的安全遭到威胁。我们是使用最优秀的人才去干最危险的工作的，人才的损失使我们深感悲痛。

幸亏不久我们又得到一些新的案件补充，多少起了些弥补作用。其中有些新手都是一般庸才，但有的却崭露头角。佩珀敏特是个西班牙人，受雇于西班牙驻英大使馆，从事新闻工作并担任信使，后来他落入了德国特工头子阿尔卡扎尔的圈套，被他们利用搜集情报，用密写通讯通过外交邮袋发出。这些情报，一部分被我们检获，原来这些情报是既送给德国人也供日本人使用的。

四月间在冰岛又有了新的发展，我们截获了一艘利用无线电台向德国人提供情报的冰岛轮船，以及从敌人潜艇上派过来并向我们自首的科布威柏，都使我们获得了新的成就。科布威柏带有一部电台，直通德国海军总司令，德国海总精心策划了两个专门任务交给他执行：第一是发现英国本土舰队一旦离岸出航时，立即电告德国舰队出来围歼；第二是监视苏联护航舰队的动态。军情六处一直运用科布威柏到战争结束，他曾成功地参与了欺骗敌人的行动。一九四三年九月，另一个从德国"U"潜艇派过来并被我们控制使用的比特尔，也参与了活动。这两个人在一起干了许多出色的活动，在保卫安全和反间谍工作上向我们提供了有益的材料，他们还向德国人发出许多关于英国海军的假情报，以迷惑敌人。在后来的战略欺骗活动中这两个人也立了功。

四月间，加宝来到了英国，他已经在里斯本作为一个自愿参加的两面间谍为我们干了九个月了，这次又来到英国，完全在我们的控制指挥下进行活动。许多内行都认为加宝案件是两面间谍工作的一个杰出典范，无论是他本人的活动艺术还是掌握案件军官的指挥才能都是无与伦比的。因此，加宝的故事在本书今后的篇幅中将频繁出现。在两面间谍的光荣历史中，史诺与加宝都占有最显赫的地位。加宝案件的独特之处还在于他在国外时早就想靠拢我们而曾遭到拒绝，不得不单枪匹马地对付德国人并为自己打下了坚实的工作基础，在一切准备妥当、羽毛丰满以后，才再次投效我们。

加宝是个西班牙人，他憎恨法西斯。西班牙内战期间，他躲了起来。在一间小房子里隐匿了两年。第二次世界大战开始以后，他很想充当一名英国间谍去德国或意大利活动，但这项请求于一九四一年一月被我们批驳了。没有办法，他只好投靠到德国人那里，而他的真实目的是寻找时机来报复他们。有了这样一段曲折经历，他的身价更为提高了。他在马德里的纳粹德国大使馆中受到了亲切的接待，经过一段长时间的谈判说服，他终于打动了德国人，同意用西班牙名义派他去英国执行秘密任务。他伪造了一份西班牙外交文件于一九四一年七月离开了马德里，随身带有德国人给他的情报提纲、密写药水、特工经费、秘密通讯联络地址以及德国人给他的亲切祝福，他摆出了要去英国的姿态。

实际上九个月来他根本没有去英国而一直秘密地待在里斯本。在此期间，他写了许多绘声绘色的长信给德国人，冒充是从英国寄发的。这些信件的内容包括他在英伦三岛上的间谍情报。为了提供这些情报，他使用了奇怪的工具：一本英国的《旅行指南》，一本英国地图，一本英国的火车时刻表，以这些为基础，再加上他从葡萄牙一些小书店里搜集到的零星片段的素材，就构成了他的情报来源。这些精心策划而编造出来的假情报竟然比真实的还受欢迎。不久德国人就给予了他完全的信任并对他的情报高度赞赏。而且加宝对他这个把戏似乎越玩越巧妙，当他从列车时刻表上看到某条线路运输比较繁忙时，他就立即意识到这条线路上的军事运输也必然是繁忙的，于是他就编造出这类情报，如沿着这条重要铁路线两旁竖立了许多新的电线杆，增设了许多伪装的碉堡等。人们看到这些具体材料是无法不相信的。当德国人让他进一步查明是否注意到有武装部队沿铁路线向哈福德郡以及贝德福郡以南运送时，没过几天他就报称发现武装部队向吉尔福德方向运送的情报。为了把这些情报搞得逼真，他自己雇用了三名助手，分别住在英国的格拉斯哥和利物浦，帮他搜集素材。

由于他经常报道一些德国人正在渴望的消息，另外也由于他所猜测的许多事情都非常接近事实，因此他越来越受到德国人的器重。但是，加宝玩弄的这一套把戏实际是很危险的，因为他对于英国的生活方式、风俗习惯几乎一无所知，他像走钢丝那样冒险。举例来说，他甚至不懂怎样把便士换成先令、再把先令换成英镑。因此当他雇用在英国活动的情报员给他一份开支账单要求报销时，他完全不懂。他甚至不了解英国人的姓名习惯，因此，他在里斯本用的一个信箱竟然使用了一个不伦不类的所谓英国人姓名：史密斯—琼斯。

但是这些微不足道的疏忽并未引起严重后果。有一天，他的助手们惊异地发现他又在向英国人毛遂自荐，自愿报效，但不幸再次遭到了冷漠拒绝。但他并不灰心，在一九四一年十二月间找到了一位中立国家的外交官作为媒介，至一九四二年二月间，他的活动声誉终于传到了英国，因为就在这个时候从秘密来源获悉德国人正在大肆准备，要去袭击一支从利物浦驶向马耳他岛的英国大型商船队，后来我们得知这支所谓商船队的消息，完全是加宝的编造，他给德国人造成了人力、物力上的极大浪费。到了这时，我们终于意识到加宝是一个有重要价值的伙伴而不应再使他受到冷落。因此，一九四二年四月间，我们将他秘密接来英国，他曾向德国人冒充从头一年七月就来这里了，实际现在才是真的到了英国。

来到英国以后，他的案件有重大发展。他很快组织了一个十分活跃并有丰富想象力的小组在他手下活动，其中有的人直接与德国人通讯联络，都能及时得到德国特工头子们的直接答复和指令以及情报提纲等。在他手下的这些情报员，只有一个损失了，那是在"火炬行动"正在酝酿期间，住在利物浦的二号情报员，也就是提供马耳他商船队情报的那个人，在行动上有些蹊跷，实际上这个人得了一种慢性病，由于疾病折磨，使他的情报活动大大减少了。加宝对这件事感到怀疑，就匆忙北上查明究竟，决定此人不再使用了，就向德国人报告说：二号情报员突然逝世。为了配合，我们在《利物浦每日新闻报》上特意发表了一份讣告，当然很快就传到了德国人那里，他们还向"死者"的家属表示了沉痛哀悼。加宝手下的其他两名情报员仍照常继续活动，后来又增加了四名：一个是直布罗陀的饭店服务员；一个是三号情报员的弟弟，此人后来去了加拿大；一个是联合舰队的水兵，后来去了北非；另一个是海员，他是向德国人冒充从英国向里斯本偷运文件的交通员，实际上这些文件是经我们审查同意后由军情六处运送的。

五月间，一个叫魏赛尔的德国间谍，比利时医生，落入了我们手中，最初看此人可能有作用，他受过密写和报务训练，有活动经验，也很机警。奇怪的是他向德国人发出的密写信没有得到任何答复，我们怀疑有极大可能是他在被控制的初期偷偷向德国人发出过秘密报警讯号。六月间，又有一起乍看很有希望的案件，卡罗特是个卢森堡人，但实际上也没有搞成什么，部分原因是由于他同法国第二局还有复杂的关系，不宜使用。另一个叫瓦绍德，是英国驻里斯本大使馆打更人的儿子，被接来英国，我们发现此人在性格上和能力上都不符合使用条件而作罢。

比较有点意思和更为重要的是哈姆雷特和有关人员的案件，我们同哈姆雷特的关系是通过墨雷特介绍的。墨雷特是个出生在比利时的英国公民，父亲是英国人，母亲是比利时人。他本人在比利时成长，一九四一年曾去里斯本住过两个月，在此期间结识了哈姆雷特。哈姆雷特是个犹太人，原为奥地利军队的骑兵军官，后来经商，是个有经验的能干的冒险家。

哈姆雷特给墨雷特以良好的印象，两人虽然新交，他请墨雷特吃饭不下二十多次，他是有打算的，他想求墨雷特办三件事。首先是托请墨雷特将一批珠宝带去英国交给他的两个孩子，早在大战爆发以前他就把孩子送到英国去了。其次，他希望墨雷特充当他在英国的商务代理人。最后也是最重要的，他打算寻求一个谈判和平的机会，他认为在德国有不少人想冲破纳粹的牢笼而谋求和平，他早在一九四一年就坚信在德国内部有一个反对希特勒的军事集团，他认为如果能够帮助这些人促进和谈，既有利于盟军，也有利于德国人民，两全其美。后来，他实际上是参加了阿勃韦尔机关，虽然最初他的地位没有像后来发展得那样重要，但他后来成为德国"柯尔博格"秘密组织的中心人物，这个组织是以公司企业为掩护的，总部设在布鲁塞尔，在里斯本设有分公司。

墨雷特将哈姆雷特的全部情况向我们做了汇报，一九四二年八月我们派墨雷特去里斯本同哈姆雷特进一步商谈。哈姆雷特提出要我们供给他一些情报，以支持他的活动。令人奇怪地要求这些情报必须是能够显示大不列颠威力的，特别是有关轰炸德国造成重大损失的情报，他的目的是拿这些情报作为反希特勒集团的活动资本。显然这个案件具有很大的政治性，但我们经过研究认为在当时的条件下暂时不打算这样搞，拟将这个关系留待日后再使用。不久后,哈姆雷特派他的朋友波倍特来英国,作为他的常驻商务代表,波倍特是德国驻比利时总督冯·法肯豪森将军的密友。

在这些两面间谍的案件中,哈姆雷特、墨雷特、波倍特等人组成了一个精彩绝伦的小组。就情报来说,墨雷特和波倍特可以毫不费力地从我们这里取得情报并通过精心安排的商业掩护点传递给哈姆雷特,这个商业掩护点就是哈姆雷特在葡萄牙所开设的公司,他们在英国设有分公司(为此就使得英国国内安全处不得不忙于参与这个出卖各种肥皂、卫生纸和柠檬酸的生意)。这个案子之所以重要还在于:哈姆雷特虽然是个两面间谍,但他毕竟是个正牌的德国阿勃韦尔机关的特务,因此我们发给他的情报都可以肯定能打中敌人要害,很可能使敌人深信不疑。

但是,也有一些因素使我们在这个案件的经营上有些缩手不前,未能充分发挥它本来的效能。首先是这个案件所显示出来的作用对于其他有关部门比对我们似乎更为有用一些;其次,哈姆雷特的忠实程度如何尚未得到充分验证;最后,对于他在国外的活动,不像其他案件那样,我们很难掌握和查证。因此,我们对于这个案件在经营上就一直放不开手脚。

到了秋天,又增加了一些新的力量。约瑟夫,俄国人,曾在语言学校待过一个时期,他是日本大使馆新闻参赞松本的好友,后来约瑟夫作为一个海员在去葡萄牙时访问过那里的日本公使馆,从此与日本人发生了工作关系。他同其他海员一样,在两面间谍的队伍中是最不易管理的,他们确实通过私人关系与在里斯本的德国人或日本人成功地建立了联系，但他们的本性都放荡不羁，不大受人控制。这种人不论怎样可靠，也不论受过何种严格训练，他们作为一个海员，一旦受到敌人盘问时，就很难守口如瓶，往往会说出大串的东西，包括我们最不愿使敌人了解的商船队的动态。同时我们也不能肯定关于我们一再授给他的假情报是否能原原本本地转给敌人。总之，在间谍斗争中使用海员，也许能办些好事，但同时也可能办不少坏事。

十月间，布朗克丝，一位南美外交官的女儿，证明是个非常有才干的情报人员。她于一九四二年七月至十月间曾随同一个外交使团去法国，回到英国以后，向我们报告说她在法国与敌人的情报组织发生了关系，敌人布置她搜集工业情报，答应给她的报酬是每月一百英镑，后来证明是按期交付的，看来敌人对她并不特别重视。在同一月里，"三轮车"也从美国回来了，继续活动。这时一个波兰籍间谍布鲁特斯，也回到了英国，后来变得很重要，我们在下一章将介绍他的活动情况。

新增加的另一名生力军是代号叫"口红"的，是个西班牙人，参加过西班牙的分裂活动。他曾与在巴塞罗那的西班牙反叛运动领导人科努迪拉研究过是否有必要来英国和这里的西班牙人进行串联。为了这个目的，他结交了一些德国朋友，他的打算是一旦需要时能在他们的帮助下取得一些必要的证件。德国人被他的历史和观点欺骗，答应帮他的忙，条件是他必须在英国充当德国人的间谍，为德国人搜集情报。后来他向马德里的英国大使馆汇报了上述情况，我们同意他将计就计，与德国人进行周旋。于是他接受了德国人的密写训练，德国人还给了他整套的密写工具、放大镜、显影剂以及六个秘密通讯联络地址，从此"口红"就成了一个单线领导的经过精心装备的德国情报间谍。他的任务主要是搜集工业生产和科学技术方面的情报。这个案件的主要缺点是"口红"的主要精力没有放在为我们工作上而是一直在西班牙反叛活动上下工夫了。

十一月间，代号为"看门狗"的间谍从一艘德国"U"潜艇上秘密在加拿大登陆，随身带有一部电台和一份详尽的情报提纲。德国人的这个举动使我们担心在其他地方会不会也搞类似的派遣活动，但这个案件后来没有得到理想的发展。不久之后，在十二月间，一位南非的科学家在法国的纳粹集中营囚禁期间被德国人收买了，派他潜入英国，被我们逮捕，他向我们坦白交代了问题，在我们的控制下安排他去南非，作为一个两面间谍，在那里开展活动。他带去一部电台，由于他有科学知识并急于恢复他的地位，工作得很出色。但是，南非政府出于安全上的考虑，拒绝他在南非继续从事这种活动。

最后，也是在十二月间，奇格扎格来到了英国。他原是一个刑事罪犯，由于爆破保险柜和类似的盗窃活动，被判刑扣押在泽西岛①上。当德国人占领泽西岛时把他抓了去，迫使他为德国人工作。为了能有机会逃回英国，他答应了。于是他在法国南特地方接受了德国人的特工训练，包括行动破坏和无线电报务等。训

---

① 位于英吉利海峡的一个小岛。

练后用飞机把他空投在英国的伊利岛，他身上带有详细的情报提纲和无线电台。他在着陆以后立即找我们投案自首，极为详尽和完整地交代了一切问题。

事实上在他来到英国之前，我们已经掌握了有关他的情况了，已经布置地方当局和警察做了周密的部署，准备在他着陆后进行逮捕。因为早在他接受敌人特工训练时就被我们通过秘密来源侦察获悉了，我们甚至了解他嘴里有几颗假牙。他原定离开法国的日期由于跳伞训练中发生的一次事故而延期了，他在修牙期间的情况我们也清楚，我们对于他的情况了解很深，知道他有两个身份证和随身带有哪些装备，也知道他降陆后的第一个任务应该是搞一次小的行动破坏。我们所不大清楚的只有一点，就是他到底是真心向我还是真心向敌，从他自首交代的种种表现来看，似乎是真心靠拢我们的。

奇格扎格案件引起人们的兴趣是有多方面原因的。他受到德国人最精心的训练，连跳伞动作都必须一丝不苟，德国人在他身上是下了工夫的，他在法国南特期间，在纳粹特工机关里待了一段时间，对于敌人电讯总台情况相当了解。这次敌人给他的压倒一切的首要任务是前往哈特菲尔德，对那里的德哈维兰航空工厂进行爆破，我国的蚊式轰炸机就是这个工厂生产的。关于这项任务，德国人寄予极大的重视和希望。此外，他还要搜集每天的气象情报，关于美国军队的调动情况，美国军队的标志符号及美军船坞情况，还要搜集了解英国的内陆运输情况等。为了完成这些任务，德国人给了他一千英镑和大量爆破器材。这个案件还有一点令人感兴趣的是德国人叫他在几个星期之内就要完成这些任务，在完成任务以后可以化装成海员坐船去葡萄牙或取道爱尔兰回来，或者专门派出一艘潜艇把他接回来。德国人答应对他破坏德哈维兰航空工厂的报酬为一万五千英镑。如果完成任务归来，德国人还准备派他带领一个专门破坏小组前往美国进行活动。

因此，这个案件为我们带来了一系列新的情况和新的问题。如果要把这个案件充分地经营下去，就必须（或至少）叫他完成某种破坏任务并且在此以后放他回到德国人那里去。这样我们在今后就可以与他在南特继续保持联系并可以有效地防止德国人对美国的行动破坏，当然，也很清楚，如果让他回到德国人那里，他也许不了解或猜想不到我们可以通过秘密来源来掌握他的动态，我们必须想到另一种可能性，他也许会被迫向敌人交代与英国情报机关的一切关系，这种可能性是不能排除的。但是，时间十分紧迫，必须立即做出选择。德国特工总部的格罗曼博士，即奇格扎格的特工领导人，曾经十分敏锐但也许是不大明智地对奇格扎格说过，如果他万一落入英国人手中，如果英国人打算利用他，是不可能很快做出这个决定的，德国人深信英国的"拖拖拉拉的官僚主义和公文旅行"是不可能对如此重大的问题当机立断的。但是，这次我们居然立即做出了决定，叫奇格扎格按既定计划行事，关于此案的活动详情，我们将在下一章里详述。

到一九四二年年底时，尽管也有些损失，但我们的间谍队伍与前一年相比，仍有很大的增强。一年来的工作是值得一谈的。我们汇集积累了德国人所提出的问题，连篇累牍，可以从中很好地观察揣摩敌人的意图和打算。我们现在还不可能详细地总结一下敌人所提出的问题和我们的答复做一个得失比较，但可以举出一些主要的事例，从德国人要搜集了解的问题来看，首先一个特点就是他们总是着眼于了解英国人的一切进攻部署，他们不仅需要这方面的一般性情报，同时也想方设法了解有关我军集中、移动、调防等具体动态，凡是能有助于分析判断我军进攻的时间和地点的一切材料，都是他们所迫切需要的。

从德国人所提的问题来看，第二类要重点寻求的情报仍然是与进攻部署有关联的，这就是关于我军滑翔机部队、空运部队和伞兵部队的情况，如我空运师如何编组及具体的使用情况，关于运输用滑翔机的情况，其性能和生产数量以及新的牵引起飞方法等。关于英军的作战命令当然是深感兴趣的。我们曾缴获一份名为《关于英军战备材料》的德军文件，是一九四二年四月印制的，从中可以看出德国人对我军情况有些是相当了解的，有些就不大清楚，对于不清楚的地方，他们是急于想寻求答案的，这样我们也就摸到了在什么地方最容易愚弄和欺骗敌人。

其他占优先地位的问题包括英国的航空工业、新型飞机的情况等，但从这些问题中也反映出德国情报工作的缺陷，如在七月间他们提出想了解英国一个拥有八千工人的地下航空工厂情况，但从问题中看出，对于这样一个大规模的工厂，甚至连大致的位置他们都不了解。他们在问题中也有一些是技术性的，八月间他们向一个间谍了解英军飞机的导航仪、最新部件以及红外线装备情况，还想了解一种叫"D.F.G.10"的无线电定向装备的情况；九月间再次询问导航仪情况及英军航空站、空军中队的符号标志，空军总部电讯总台情况及电台频率"ASV"情况，他们还很注意英军俯冲轰炸机的技术性能，如自动俯冲闸和升平仪装置情况等；十月间他们提出了更为专门化的技术性问题。

德国人注意搜集的其他重要问题是关于英伦三岛上的美国军队情况、加拿大军队情况以及联合行动的动态，还有关于英军突击兵团第五、第六、第七、第十一和第十二团的驻地。关于英军的坦克，看来他们对生产数量比对坦克性能更为关切，唯一例外是关于一种绰号为"压碎机"的英军坦克，德国人过去没有听说也没有见过这种坦克，而实际上这种坦克根本就不存在，但是德国人在一九四二年三月到七月间曾至少先后五次想要刺探它的详细情况。

关于其他方面的问题，如生产、粮食、商船运输、煤气供应、轰炸损失等都同过去一样，是敌人一向注意的。也有少数问题是关于海军的，它既反映了敌人的注意目标也反映了他们在某些方面缺乏常识。我们掌握了敌人的这些弱点，但没有过多地发出假情报，相反，我们发出一些内容真实但对我们无害的情报。关于我们的产量，我们的方针是向敌人搞点夸张。关于我空运部队的规模，也适当加以夸张。十月间，欺骗行动指挥官从总参谋部得到指示说可以将我军实力一般地夸张到百分之十的程度。

这个时期许多行动计划在进行着，但有的只是一时奏效。这些计划中有一个名为"帕特里卡"的计划是相当巧妙的，内容是企图在荷、比、卢的德军司令部上层人士中间进行离间和煽动反叛的计划,这项计划在后来由于考虑到在政治上是否明智而未予实施。加宝的经费补给问题是在一个叫"梦境"计划中得到解决的,办法是搞套汇,几个西班牙水果商人在伦敦把钱给我们,另外,他们在西班牙从德国人手中取得相等数量的比塞塔①。这个时期,马特和杰夫执行了"布鲁克"计划,搞了一次行动破坏,办法是在英国南部军区司令部的默许之下,在汉普郡地方爆炸几间"尼森"式营房②。结果有点弄巧成拙,确实按计划炸响了,威力也不小,但放在现场附近的挪威制测震仪丢失不见了,现场附近的几头绵羊也被炸死,一个美军士兵因离现场太近,目睹了一切详情,结果不得不暂时把他禁闭起来,以防彻底暴露。为了弥补,英国特别部还专门派人到附近群众中搜集反应,并在当地报纸上故意发布爆炸经过的新闻,以便取信于敌。

---

① 西班牙币。
② 这种营房是英军尼森中校设计发明的半桶形用铁皮制成的可以移动的兵舍。——译者注。

老书新刊之谍战系列

第十章 一九四三年的活动

确切地回忆过去的思想、感触和心情是不容易的,我记得我们所走过的是一条漫长的胜利在望的道路。在战争中期反攻欧陆这件振奋人心的大事对我们来说仍恍如昨日,一九四三年一月德军在斯大林格勒被围歼又是一件振奋人心的大事,这件事使所有的乐观主义者一致认为,胜利已经为期不远了。

在有关两面间谍的工作上,有个比喻:一个人在参加一项赛跑,规定应跑四分之一英里,在他跑了几百米以后,跑道外面突然有人对他喊叫,路程要增加一倍,要跑二分之一英里才能到终点,这时他会有什么样的感觉呢?很可能会突然感到步伐沉重了,前面的路程似乎更远了,好像不止一英里也许还有三英里远呢,他能不能坚持到底、跑完最后一圈呢?我们的两面间谍工作,也遇到了类似的情形。

我们都还记得,在那些日子里,我们大家是多么热切地盼望着这一天的到来,就是我们将使用全部力量投入到最后的也是最大规模的欺骗行动的总决战中,决心收回十倍于我们过去所付出的代价那样伟大的胜利。但是谁也说不准这一天究竟何时到来,如果在此之前我们工作中造成一件难以弥补的重大失策或发生一次重大事故,那么在总的决战到来之前,我们的两面间谍系统会不会功败垂成、前功尽弃呢?这种担心经常盘旋在我们的头脑中,人们越来越感到,如果在临近胜利的终点时有一个重要案件垮台,就很可能招致整个工作的全盘失败。如果德国人通过一起重要案件发现了我们的全部手法和措施,那就不可避免地会怀疑到所有其他案件,他们就会重新估量一切情况。因此,在一九四三年我们的心情是同那个赛跑的人一样,时刻担心自己能不能顺利地坚持到终点,或者会不会半途而废。

幸运的是,事情发展得并不坏,那个盼望已久的伟大的一天终于到来了,总的欺骗行动获得了成功,两面间谍从中作出了杰出的贡献。但所有这些都发生在一九四四年而不是一九四三年。如在本书第十一章所叙述的那样,虽然最后的胜利掩盖了一切,似乎我们当初的一切怀疑和担心都是不必要的,但我们仍然认为，如果胜利的到来再推迟一些，即使推迟半年到一九四四年年底，我们的两面间谍系统能不能再支持到最后胜利是令人怀疑的，尽管半年之差似乎并不太久。

在此期间，我们要说的主要是一九四三年，只能简短地说，因为主要的故事还在后面。虽然简短，但不能认为这一年毫不重要。人们公正地评价说国内安全科和双十委员会最有价值的活动之一是在一九四二年和一九四三年这两年当中使整个机构能保存力量、正常运转、从而为一九四四年的决战创造和积累了条件。

关于一九四三年的活动可以简短地归结为一点，即战略欺骗活动。在进行欺骗活动中，无论是我们自己还是主持这项工作的指挥官，都曾遇到许多困难。任何一项重要的欺骗敌人的活动都必须周密地做出计划，而且几乎成为规律即这些计划在报请上级审批过程中必然要修改多次，由于上级司令部现已由盟军混合组成而不单纯是英国军官了，这就更增加了困难。但是在欺骗活动中遇到的其他困难都被一一克服了。有一个时期我们从"纸上"巧妙地夸大了英美联军的实力，许多实际并不存在的幽灵"师团"不断出现在敌人面前，给敌人增加了混乱。但在起草和修改我们的欺骗行动计划和掩护计划时却要经过反复多次的艰苦工作，由于时间总是很紧，确使人疲于奔命。

我们还遇到另一种麻烦，在战争初期我们总抱怨缺乏上级的指导，而到了现在却又感到这种上级指示太多了，有点应接不暇。为了贯彻欺敌计划，我们要通过两面间谍把情报有意识地传播给敌人，这些计划都是事先经过周密的研究和设计的，一切行动都是预先安排好了的。比如,有时我们接到上边指示要在某天某时将第×师团司令部已经移驻到苏格兰的情报发出去,或在某天某时将一列商船队现正在利物浦港集中的情报发出去。我们的任务不是向上级探问为什么和出于什么目的要发出这样的情报,我们的任务就是选择最合适的间谍人员用恰当的令人信服的语言发给敌人,而且必须准时准确地发出,以配合整个计划的进行。

我们成功地发出许多假情报而没有使我们的间谍人员为之遭受损失,也从来没有拒绝接受上级的任何紧急任务。我们坚持一条,即任何传给敌人的东西必须是能使他们深信不疑的,否则宁肯不发,采取这种慎重做法就能最有效地保护我们的人,这是一种保存力量的良好办法。如果不是这样,盲目乱发,不顾后果,那么等到大反攻开始时,也许我们手头上可用的力量早已所剩无几了。

从一九四三年开始到当年冬天为止,我们在欺骗敌人活动上的一项主要政策就是:"想尽一切办法把德军的主要力量吸引在西欧和地中海战区,以阻止他们将兵力抽往东方的俄国战线。"为此目的,我们制造了一系列准备登陆和入侵等烟幕以威慑敌人。在这方面,两面间谍是起了作用的,其中很重要的一例是"斯塔凯行动",这次行动原来的目的是"向法国加来海峡地区发动一次大规模的两栖登陆的佯攻,要使敌人确信一场大型战役已经迫在眉睫了,但不要动用我们的部队真的去实行攻击,还要使敌军认真集中兵力来戒备,特别要把德国空军的战斗机部队吸引到对我们最有利的地点上来"。后来,这项行动计划的最主要部分推迟实施,但为了练兵,准备工作照常进行。挪威,也是一个进行欺敌的良好地点，一个具有最强记忆力的人也无法记得究竟有多少次和用了哪些巧妙办法在挪威问题上大做文章的。这方面的主要工作是由马特和杰夫进行的，他们在一九四三年四月、八月和十月先后三次向敌人发出了致命的威胁。至于具体的经过情形，完全属于欺骗行动的专门历史范畴，无法在本书中详述。

广义地说，一九四三年的欺骗敌人的活动是成功的，至少达到了这样的主要目的，即使德国人集中了注意力，但仍时刻处于担心下一步行动的惶惶不安之中。从我们的观点来看，最使我们满意的是我们的间谍一再大显身手而没有在敌人心目中降低威信，也没有影响在日后决战中发挥更大作用。负责欺骗行动的组织在这个期间还进行了一些调整和变动，这些变动对于两面间谍系统是有影响的。六月间，摩根上将筹组了"哥萨克行动"计划，同年秋，艾森豪威尔将军筹组了"沙也夫行动"计划。这时，欺骗行动总指挥官为了推动和保持在全球范围内开展迅速而有效的欺骗敌人活动并掌握总的政策实施，就把欺骗敌人的一些具体工作都移交给"哥萨克"和后来的"沙也夫"指挥部直接指挥，这实际上也正好符合总参谋长的一贯主张。从此以后，凡属欺骗敌人的工作，我们都直接向总参谋部汇报，同时向"哥萨克"和后来的"沙也夫"指挥部报告，请求指示。后来的反攻欧陆的重要欺敌计划就是在"沙也夫"指挥部的具体帮助下完成并得到他们的批准的。

现在再回到这一年的具体工作上来，关于同敌方的通讯联系，如敌人在这个时期所提出的问题以及我方的答复，都不必详述了。

原因是到了这个时候，德国人越来越多地是考虑自己的防御问题，也就是越来越多地关心我们将如何发动攻势。这一般属于日常工作的范畴，没有什么特殊的，有的行动计划将在下面专门介绍。

  行动破坏活动也在按计划进行着。奇格扎格在一九四三年年初要对德哈维兰航空工厂进行一次真的爆破。一月二十九日夜晚，经过伪装的专家们在现场为我们进行了妥善安排，在爆炸时从空中拍摄了可观的景象。爆炸以后奇格扎格给德国人的报告加上当地报纸的新闻报道，看来都使德国人深信这次的爆破行动获得了圆满的成功。更使德国人相信的是不久后，他们从当地报纸上获知奇格扎格的一名助手在事件发生的当时，由于在哈特菲尔德地区携带大量硝酸甘油炸药和行迹可疑而遭逮捕，这更使他们信以为真。由于德国人不愿意也许是不能派出潜水艇来接运奇格扎格，因此必须由他自己设法"逃离"英国。经过我们筹划，决定叫他以服务员身份搭上客轮"兰开斯特"号，在船经里斯本时，可以逃奔德国人。出发前，他认真地准备了应付德国人的盘问，并背诵了我们给他的情报提纲（不是书面的而是要他背熟记在心里的），我们主要想了解在南特、波尔多和巴黎的德军电台情况，了解关于德国人下一步搞行动破坏活动的具体打算以及方法手段等。

  当"兰开斯特"号驶经里斯本靠岸期间，奇格扎格迅速与德国人取得了联系并按原定计划逃离了该船。这个时候发生了一件意外的事件，我们从秘密来源中获悉：德国人给了他几个用煤块伪装的高强度炸药，叫他在最后离开"兰开斯特"号时留在船上将其炸毁。这时奇格扎格为了使德国人不致对他怀疑并能与他们继续周旋,会不会不告诉船上的朋友而真的将这几块炸药放在船上的煤库里呢?谁也不晓得他究竟会怎么对付这个难题。在十万火急之中,一位英国军官专程飞往里斯本准备采取紧急措施,结果得知奇格扎格已经将炸药交给了"兰开斯特"号船长,请他相机妥善处理(由于奇格扎格的这一果敢行动,事后我们专门为此事向他颁发了一万英镑的奖金)。然后才匆匆离船投奔他的德国主子。

他回到德国人那里以后所受到的盛大欢迎是相当可观的。他得到了嘉奖并被送到德国去观光旅行,然后被任命在德军驻巴黎、南特和昂热地方的司令部里正式工作。显然他还将得到另一项更为重要的行动破坏使命,也许派去美国,也许叫他带领一大批行动特务再来英国逞凶,他还分析德国人也许派他到法国组织隐蔽的第五纵队,以备将来德军从法国撤退以后进行活动,他认为在那种情况下他就可以里应外合,将大批的粮食武器转交给盟军了。奇格扎格这时还自告奋勇地请示愿意单枪匹马去刺杀希特勒,这种做法与我们的传统不符,我们没有同意。也许我们失掉了一次可能干掉希特勒的机会,但是奇格扎格毕竟还是一名控制使用的刑事罪犯啊!

其他的行动破坏计划在八月间由马特和杰夫进行。这次行动代号是"本勃利计划",计划内容是打算对在圣埃特蒙德公墓附近的一个发电站进行爆破。在选定这个目标以后,德国人准备将所需的爆破器材和炸药运送过来。这里必须提一下,就是马特和杰夫二人的信誉,由于上次在挪威欺骗行动中的影响,多少有些飘摇不定,敌人对他们的信任也许不如过去了。但不管怎样,德国人这次还是充分地向他们提供了器材和供应物品。一九四三年二月,德国人在阿伯丁郡地方为他们空投了一部新的电台和二百英镑的经费。五月底又送来五百英镑和更多的器材,但由于这次德国人的空投地点有偏差,马特和杰夫向他们报告说没有收到,德国人只好再进行一次空投,又扔下来四百英镑、一部电台和许多器材。有意思的是这次投下来的器材完全是缴获的英国制品。

"本勃利计划"后来被敌人大肆渲染,德国广播电台吹嘘说在这次爆炸事件中有一百五十多名英国工人被炸死。这是一个明显的证明,所谓德国人的行动破坏被夸张到了何等程度。要说这次事件的真正后果,是为我们保存并增强了两名重要间谍人员的声誉,这两个人在情报工作上和行动破坏方面都是能手。通过这个事件,我们还得到了德国人搞行动破坏的各种新式器材,使我们能够全面掌握他们的最新技术;另外,由于这次破坏事件的广泛传播,从反面教育了人民,使广大群众提高了保卫工厂、保卫公共场所安全的警惕性。

另外一个成功的案例是五月间的"肉馅计划"。在反攻北非前不久,有一架飞机失事,上面的一具尸体被德国人在西班牙海岸附近发现并弄去研究。这件事给了我们一个启示,即在一次大的战役行动以前,是否可以用类似的方法来愚弄敌人。

我们在和伯纳德·斯皮尔斯勃利爵士医生从医学角度上探讨了这样做的可能性并得到了肯定的答复以后,又去找班特利·波切斯先生，一位职业验尸官，请他为我们提供一具无人认领的死尸，条件是如果万一验尸的话，其死因应与飞机失事不发生矛盾。一九四三年一月，波切斯先生为我们找到了这样一具合适的尸体，用冰块保存妥当备用。经过缜密的计划研究，我们决定利用这具无名尸体乔装成英国皇家海军陆战队的重要军官马丁少校，运送尸体将由海军负责。为了逼真，这位马丁少校将身穿战地服装，他身上携带的文件是几位著名将领的信件，足以证明死者是一位年轻而重要的参谋军官。

这具尸体上的文件表明他是在联合行动司令部工作的一位参谋，他身上有几份重要文件，有蒙巴顿海军上将写给地中海联合舰队司令长官肯宁汉海军上将的信，信中说明了马丁少校这次出差的使命。还有一封是英国总参谋部副总参谋长写给亚历山大上将的一封重要私人信件，这封信的目的是使德国人相信西西里岛并不是我们下一步进攻的目标，在地中海将有另外的两次战役行动。这封信是副总参谋长派专人带交将军亲阅的，信的内容是介绍一下总参谋部是怎样做出这个关于地中海战役的决策的，信中提出我们已经决定在希腊的两个地点进行登陆作战，已将部队及船舶都准备好了，信中还说："威尔逊上将打算利用西西里岛来掩护对希腊的登陆作战。"用这样的方法把德国人的注意力从西西里岛引开，使他们误认为我们对西西里岛的一切举动无非是佯攻而已。信中还提请亚历山大上将为了掩护对希腊的进攻，可以故意在西西里岛一带部署进攻的姿态以迷惑敌人，在此期间威尔逊上将将大举进攻希腊的多德卡尼斯岛。信的日期为四月二十三日。

为了进一步迷惑敌人，马丁少校身上还带有蒙巴顿海军上将写给艾森豪威尔将军的信，提到蒙巴顿写了一本关于联合作战的书，想请艾帅为该书写个序言。这三封重要人物的信件都装在一个黑色的大公文包里，肯定将引起德国人的巨大兴趣。

　　计划决定将这具尸体丢在西班牙，因为西班牙与纳粹德国关系密切，当地环境又比较落后，无论验尸或搞什么科学调查都不大容易。我们选定了西班牙的丰尔瓦地方，因为这是飞往北非的必经之地，驻该地的德国领事又是一个老奸巨猾的职业特务，当地的潮汐情况也适合活动。经请示英国海军总司令，决定派一艘潜艇驶往地中海执行运送尸体的任务。马丁少校身上的几封信都是经过英军总参谋长亲自批准的，不仅如此，还报请英国首相批准，信件都是打印的，上面有签名、公章和密封，完全同真的一模一样。于是马丁少校被装扮了起来，黑色公文包紧贴在身边，整个装进一个大箱子里，里面装有特制的干冰以防尸体腐烂，在克利德港被送上了"萨拉福"号潜艇。为了掩护，箱子外面写有"轻拿轻放，内装特别光学仪器"。潜艇艇长接到特别绝密指示要切实做好放置尸体时的掩护与借口，以切实防止任何暴露。潜艇于四月十九日起航，但在马丁少校的口袋里故意装有两张四月二十二日的戏票存根，以表示那天晚上他还在伦敦看戏，后来才登上飞机启程的。

　　四月三十日"萨拉福"号潜艇将马丁少校的尸体秘密而巧妙地扔在距离韦尔瓦一英里的海岸上，在附近还扔有一个撞坏了的橡皮制小救生艇。很快这具尸体就被西班牙人发现并运走了。

英国驻马德里大使馆海军武官煞有介事地匆忙与西班牙海军部交涉，紧急要求寻找马丁少校的随身文件。这个行动本身增加了事情的分量，因为如果死者是个普通小人物或携带的是无关紧要的东西，绝不会有这么大的举动。英国大使馆还要求寻找失事飞机的残骸想证实文件是否已被焚毁或掉进大海之中，我们故意表现出难以抑制的惊慌。

西班牙人巧妙地取出了文件而没有损坏封袋上的火漆封印。后来我们从缴获的敌方文件中证实，西班牙的总参谋部立即将这些文件拍成照片，并将照片送交德国人。德国人如获至宝，极为兴奋和仔细地甚至逐字逐句地研究了这些文件，他们也极为重视马丁少校的重要身份，连他身上的戏票存根都仔细研究过。他们的结论是这些文件绝对是真实的，里面的情报具有巨大价值和高度的准确性，虽然他们在西班牙人面前故意提出这是不是个阴谋的疑问，但显然他们自己并不这样看。

在这以前，德国大本营一直认为西西里岛是盟军在地中海的下一个进攻目标，其次就是撒丁岛和克里特岛。但是从马丁少校事件发生以后，他们不仅把防守的兵力从西西里岛调往希腊，而且连交通运输和通讯联络等大批器材也都运往希腊，准备在那里对付盟军的登陆进攻。在西地中海方面，原来撒丁岛是被德国人看成与西西里岛同等重要并可能同时受到盟军进攻的，但现在看来，大批德军主力已经转移并分散到希腊地区。在撒丁岛上，自从"肉馅行动"以来，防卫力量已变得有名无实了。在西西里岛，布雷区和防卫重点已改到西北方向上，而后来盟军的实际进攻是从东南方突入的。

德国人为马丁少校安排了一个有官方参加的相当隆重的葬礼。这位"英勇朴素"军官的名字赫然列入德国人发表的敌军伤亡名单上，他的墓碑还留在韦尔瓦地方供好奇的人日后凭吊。这个"肉馅行动"本来与两面间谍工作并无直接关系，我们之所以描述它是因为这个计划是由双十委员会的两名成员设计出来的，而且双十委员会是掌握情报与假情报的权威单位，因此这项工作当然要同委员会共同商榷。

这一年其他值得一谈的主要是些零星案件，其中比较重要的是"三轮车"的归来以及他们这一伙人的活动。在美国，由于种种原因，"三轮车"没有能够取得进展，但是他有左右德国人的非凡才能，使这个案子增加了分量。他坚信如果他亲自再去一趟里斯本，肯定能够说服德国人，事实也确实如此。一九四二年十月他来到里斯本住了一个星期，居然使德国人相信他在美国的工作未能打开局面主要是由于活动经费不足。于是德国人又给了他大量的活动经费和新的指示。他没有返美而是秘密地来到英国，在我们的帮助下，将一些伪装从美国寄发的密写情报给了德国人。他手下的间谍人员巴龙和杰拉丁仍在继续活动。四月间我们又增加了梅蒂尔。

梅蒂尔是个良好家庭出身的南斯拉夫人，在他的国家被占领时未能及时逃出，后来当他试图逃往土耳其时与德国人发生了联系，他答应作为一个反布尔什维克者替德国人工作，但不能从事反对自己同胞的活动。后来他在德来德诺特的帮助下成功地逃出了南斯拉夫。德来德诺特是个大胆而机智的爱国者,长期为德国人工作,而且在暗中支持南斯拉夫爱国者和盟军人员。梅蒂尔离开南斯拉夫以后来到英国,他的出逃是德国人同意的,是在进行一项新的活动,实际上他成了一个三面间谍,因为德国人叫他向英国进行假自首,承认是德国派来的,并且交出德国人给他的一个秘密通讯地址和密写方法。在取得信任以后,德国人期待他能够继续活动,使用另外的通讯联络地址和另外的密写方法与德方联系。事实上,他违背了德国人的意愿而将全部事实向我们做了交代,但他表示不愿充当两面间谍而想当一个战斗部队的军官,后来"三轮车"帮助我们对他进行了说服,向他现身说法讲了两面间谍斗争的重要性,于是他开始与德国人进行联系,由于他的案件中间夹了一段假坦白和真坦白,真真假假交织在一起,显得更为复杂了。

在此期间,"三轮车"当然不能满足于单纯住在英国和发点假情报而已。经过研究决定让他在七月间再去一趟里斯本找德国人接头,这次去的借口十分巧妙。他向德国人提出一项新的建议说他打算为在瑞士被阻留的一批南斯拉夫军官开辟一条"逃亡路线",并说此举已经得到南斯拉夫政府的赞助,他向德国人建议说通过这条途径,可以从中发展一批为德国人工作的间谍并能毫不费力地进入英国。他推测德国人一定会欣然同意并会指定由德来德诺特参与这项活动并作为他的副手。这项被称为"溜出去计划"的建议确实对我们十分有利,它不仅可以使许多南斯拉夫爱国者成功地逃出英国,又可以使混在其中的德国间谍一个不漏地被我们发现。通过这项活动，"三轮车"又得到了一个报务员助手，这就使他向我们传递情报更加方便了。"三轮车"还想借此机会会晤约翰·杰布森，这个绰号为"艺术家"的人是个非常有用的人才，他相信杰布森一定会设法来英国的。

"三轮车"这次在里斯本从七月中旬住到九月中旬，成功地按既定计划进行了活动，他终于盼到了"艺术家"，而且不出所料，"艺术家"早已同德来德诺特合作了，这又为我们增加了力量。"三轮车"又物色了弗里克，也是个南斯拉夫人，此人受过德国的报务及密写训练，来到英国以后，就在"三轮车"的手下搞报务工作。另一个绰号为"虫子"的南斯拉夫人，是九月间来到英国的，他替德来德诺特及"艺术家"带来了信息。"三轮车"为了巩固自己的地位，在十一月间又去了里斯本，一直住到次年一月，这次他给德国人带去了一些使他们满意的情报。德国人给了他许多新的特工指示，批准他发展弗里克，又将一份给杰拉丁的指示交"三轮车"带来。这样，以"三轮车"为中心的在两面间谍工作中的南斯拉夫集团形成了，他们是我们组织中的一支重要力量。

这一年的第二个重大收获是布鲁特斯，他是在一九四二年十月间来到英国的，但双十委员会关于发展使用他的请示报告直到一九四三年一月才被国防部批准。因为这个案件具有相当的复杂性，而且在开始时似乎没有什么起色，但在最后却有重大收获，布鲁特斯是波兰人，一九四〇年至一九四一年他在法国是位相当能干的情报组织负责人，一九四一年十一月他被德国人逮捕，关押了八个半月，被捕后德国人对他是严厉的，但没有粗暴行为。后来德国人认为他已经"转变"了，要求他为德国人工作，并于一九四二年七月同意他"潜逃"出去，前来英国。

他到了英国以后，向我们讲了全部事实，并表示愿意参加他称之为"伟大游戏"的两面间谍工作。他有条件搜集各种各样的军事情报，但他的首要任务是了解波兰军事当局与德国军队之间的关系，并进一步准备在英国组织波兰第五纵队，对德国进行破坏。布鲁特斯不仅在过去有担任过情报组织首脑的历史，而且现在又是一个现役的波兰军官，使用这样一个人，在我们面前摆着三个困难。

第一个困难是他对波兰祖国的忠诚。我们要使用他，有必要通知在英国的波兰当局，要向他们说明情况。我们对于波兰人并不处于能完全控制的地位；加上语言隔阂，工作中很难控制。第二个困难更为棘手，在经过一段时间后，我们可以大体上了解布鲁特斯这个人，但德国人是否会真正信任他呢？不错，是他们同意叫他来英国的，并且也确实给了他重要的任务，但是德国人也必然了解布鲁特斯过去为盟军工作过并担任重要职务的历史，他们不会想不到当布鲁特斯到了英国并进一步看到德国与波兰很难合作的形势以后，会不会重新投入盟军一边呢。德国人对此是不会不担心的，他们曾经从心理学角度上对他做过反复研究，他们会想到在他到了英国以后，战局的发展，加上每天听到的新闻和宣传，日积月累，会引起思想变化并抵消对德国人的忠诚。万一德国人认为他已倒向了我们而不动声色时，那就会反过来成为我们的一个潜在的危险。

　　第三个困难是属于政治性的。苏联与波兰政府之间的紧张关系日益加剧，以致英国外交部无法同意布鲁特斯的政治活动部分，主要是怕引起外交上的不利反响。正是出于这个考虑我们没有让布鲁特斯按照德国人希望的那样搞起一个较大的地下组织来，本来在那种情况下我们的收获肯定会更大。但最后决定这个案子"可以先搞一个时期看看再说"。经与波兰当局联系，他们很大方，没有要求看布鲁特斯的情报抄件，但英国国防部很慎重，不主张叫他参与行动性的活动。后来事实证明，布鲁特斯是个搜集军事情报的罕见能手，随着时间的发展，他的活动信心增加了，而德国人对他的信任似乎也在增加，我们不断使用他，充分发挥他的作用，最后他在欺骗行动的决定性战役"霸王行动"中扮演了重要角色。六月间，布鲁特斯与他的波兰同胞发生了内讧，他参与了一项反对波兰空军司令的政治活动，一度可能要受军事审判，这对我们的案件发展是不利的，幸亏不久就平息了，但他仍然在波兰军队中担任要职，并能继续拿到重要的军事情报。

　　加宝案件一年来继续获得顺利进展，他在里斯本的一人乐队发展成为一个大的交响乐团，而且这个交响乐团还能表演出非凡的精彩节目，这个人确实是个不可多得的天才，他能机敏而流畅地进行各种写作，他对于自己承担的各种任务都有极大的热情和丰富的想象力及创造性，他每天要干六至八小时的艰苦工作，埋头搞密写、密码、跳格暗码，还要随时计划下一步的行动。另外，他在三月间又增加了一部电台，这是他手下的第四号情报员为他买到的，还找到一个报务员，当然也是我们的人。德国人对此表示完全信任与支持，不久就给他送来了一套通讯密码，这是德国情报机关互相使用的密码，在这套密码变动以后，又给他送来一套新的密码，以供使用。

他领导下的情报人员在不断增加，电台通讯也越来越频繁。到一九四四年八月为止，德国人先后收到加宝组织发来的四百封密写信和两千份电台发来的密电，德国人给他的特工经费也多达两万英镑。一九四三年加宝在"斯诺凯行动"中担任了重要角色，他向德国人报告说他已组织了一个相当不小的地下据点，有一伙武器装备齐全的人马在齐泽尔赫斯特的山洞中隐蔽待命。这也是为了在今后欺敌使用的。

一九四四年春天，加宝在德国主子的心目中已经成为一个有十四名成员的地下特工组织的头子，还有十一名分布在各地的可资利用的关系，其中有一个在英国宣传部工作。所有这些，除了加宝本人之外，都是凭空捏造而实际不存在的，但却得到了德国人的无比信任。加宝还向德国人声称他已发展了一名助手和一名候补的报务员，并在英国的格拉斯哥、梅蒂厄、哈里奇、多佛、布赖顿、埃克塞特和斯旺西等七个地方建立了分遣机构。

一九四三年七月间，我们的队伍中还增加了费多，他原为法国空军驾驶员，德国人布置给他的任务是前来偷窃一架飞机并回到德国去，此外还要他搜集航空、部队集结、飞机型号和技术等情报，他可以发出密写，但由于没有工具，不能接受敌方指示。八月间，我们的队伍中又增加了新来英国的屈息儿，她是具有法国国籍的俄国人,是个很聪明而又有点神经质的女人,曾在巴黎的德国特工一局的克力曼手下干过,克力曼也是德拉贡弗莱的特工领导人。屈息儿向德国人发密写情报,并由电台收听指示,后来她也有了发报机。

比特尔是在冰岛登陆的,带了一部电台和一个晴雨气压计,这在本书第九章中曾谈到过。十一月间,原比利时空军驾驶员斯奈伯通过西班牙来到英国,他是由布鲁塞尔德国情报机关派出来搜集科学技术及航空情报特别是反潜艇作战方法的情报。他带有收报机,后又增加了发报机并有密写通讯,后来又重返布鲁塞尔进行活动,电台一直收藏在特恩豪特地方。

在不断增加新人的同时,也有一些伤耗。凯尔莱斯由于个人品质问题被禁闭,后由于不可救药而于一月间开除。法瑟,由于他的地位关系,敌人总是向他提出一些高质量的情报要求,使我们难以应付,决定在六月间派他去海外,从事其他工作,以摆脱此事。"看门狗"夏天在加拿大也完蛋了。德拉贡弗莱在年底由于经费问题和德国人也闹翻了。

到一九四三年年底,两面间谍系统发展得更为壮大,装备也更加新颖和完备了,达到了空前程度。与敌方之间的无线电、密写、人员接头等更加频繁了,这些事实都充分证明德国人对他们的间谍一直是信任和放手的,但如果我们光注意表面现象的话,也容易受骗上当。我们在开始时就强调指出,两面间谍是个有风险的工作,下一章将谈到在我们即将取得最后胜利的时候也几乎同时濒临在失败的边缘上。

老书新刊之谍战系列

第十一章 为掩护诺曼底登陆和反攻法国而采取的欺骗行动

进入一九四四年以后,我们所有的活动都被即将在诺曼底进行登陆反攻而进行的最大规模的战略欺骗活动吸引住了。从战争开始我们日夜盼望的高潮终于来到了,其他所有的工作都变成从属地位了,至少在当时是如此。我们早就盼望着有这么一天能将所有的间谍人员都毫无顾忌地投入战斗,这次伟大的成功将能偿还我们过去几年来所付出的重大代价并可以胜利和圆满地结束这项工作。这一天具体何时到来,当然不会告诉我们,但到了一九四三年年底时,我们明显地感到这一天是临近了。反间谍活动,对敌情的调查研究,零星的欺敌活动,关于间谍人员各种内部人事问题的处理,建立新的案件和对旧案的审核等所有这些日常工作都在照常进行,但这些同为登陆反攻而准备的决战相比就显得更为渺小了。

制订"海王星行动"计划①的人员认为这个行动的前途是成功还是失败都取决于一个掩护计划能否成功,而这个掩护计划的性质本身又决定了它只能在小范围内执行,这时的形势与战争初期显然不同了,很长时间以来德国人一直摸不准我们究竟是打算在西北非还是在地中海某地发起攻势,同时他们也不能不考虑我们有可能向他们的"软下腹部"②或向法国的比斯开湾以及挪威、丹麦等地发起进攻。

这些容易受到攻击的薄弱部分是很多的而且又是很分散的,但到了一九四四年春天,谁也无法掩盖盟军的主攻目标有极大可能是在瑟堡半岛与敦刻尔克之间。这是由于许多准备工作是不可能完全隐蔽的,就能足以证明这一点;另外,从空军基地上的战斗机训练起飞的距离来看也能大体上说明一些问题。在这种情况下,当时欺骗敌人的方针,可以归纳为以下三点:第一是在敌人面前尽量推迟我们实际发动总攻的日期;第二是尽量制造假象使

---

① "海王星行动"计划是"霸王行动"计划中海军活动部分的代号。
② 指意大利。

敌人认为我军进攻将主要来自东面而不是来自西面；第三是在第一次登陆攻势以后，应使敌人认为我们将对加来海峡方面发动第二次和更为沉重的打击，以把敌方的注意力引向战场的东端。

　　事情很清楚，这个时候我们的间谍人员肩负的主要任务就是要在实际战场的东方给敌人制造威胁，叫他们目光向东移，这要从远距离对敌人施加影响。但是这项工作是不容易的，各种推测、猜想和小道消息对于德国人的军事行动很少甚至不会产生什么影响，德国的参谋军官坚信事实，他们严格地根据面对的事实来做出自己的判断和结论，他们所需要的是具体的东西，因此要让他们相信什么，我们的间谍人员就必须为此而提供有关的各种军事单位、司令部及部队集中的位置与情况等具体材料。

　　由于这是一本叙述两面间谍历史的书，在谈到欺骗敌人的活动时，只谈了与两面间谍工作有关的部分。应该看到，两面间谍仅仅是欺骗敌人行动的工具之一，如我们要执行一项迷惑敌人的掩护计划，我们是通过多种手段的，如无线电电波欺骗、外形伪装欺骗（如排列一些假的攻击艇），用真的部队移动来制造假象和在海岸一带张贴布告法令以迷惑敌人等多种手段从四面八方来向德国人灌输，没有必要去分析究竟哪一种手段能收到最大的欺骗效果，因为这种估价，如果需要的话，也只能由掌握整个欺骗行动的最高当局来做。就我们来说，我们掌管的间谍人员是执行欺骗计划的渠道之一，欺敌计划是通过间谍人员之手传递给敌人的。从结果来看，我们分担的这一部分工作进行得比较顺利和成功，如向敌人布置一个假的兵力疑阵，究竟是间谍人员帮了无线电通讯的忙，还是无线电通讯帮了间谍的忙，两者的高下是很难区分的。我们只能说，两面间谍工作本身证明这些间谍人员是干得相当不错的。

　　在这场伟大的决战中，并没有人主张我们把所有的间谍人员都投入进去，因为必须慎重从事，避免一切可以避免的错误。就我们的日常工作来说，如果一个间谍人员犯了一些错误或者由于某种原因而使他遭到怀疑，这不会使我们感到意外，但是在现在的情况下，任何过失或发生任何问题都会使我们感到意外。一个两面间谍，不管从我们方面来说做了多少工作，采取了多少措施，但如果他不能取得敌方信任，光是这一点就足以毁掉我们的事业，其结果也许更坏，如果敌人对他已经产生了怀疑，可以把他送来的情报"完全颠倒过来看"，这样，我们的真实目标不但无法隐蔽，还可能彻底暴露。因此，在主持欺骗行动的工作部门一直强烈主张宁缺毋滥，要把我们使用的力量压缩到最可靠的最小限度上来，以保证绝对安全。确实有个时期他们甚至主张切断所有的情报渠道，只保留加宝组织这一条线，这个建议被我们拒绝了。我们指出，甚至最可靠的间谍人员也可能由于我们无法控制的原因而突然遭受挫折（不久后在"三轮车"案件上就发生了这类事故）；我们对每一份发出的情报的评价必须等拿到敌方确切反应以后才能做出；而且在我们队伍中那些看来很平庸的人也可能在欺骗敌人方面作出具体贡献。经过协商，我们仍然同意挑选最优秀的间谍人员来传递欺敌计划，其余人员只从事一些配合性的工作。

老书新刊之谍战系列

　　本书中过去很少谈到关于对个别活动的间谍人员的信用考核问题，这里必须强调我们对这个问题极为重视，是反复估量和研究的，所用的方法也是多种多样的，可以向他们大量地提出经过周密准备的问题叫他们答复，从中察言观色，也可以看看敌方给他的报酬如何（这是判明一个间谍人员在敌方心目中地位的最有效的方法，虽然似乎有点浅薄），通过我方其他间谍人员的相互接触谈话和观察以及通过各种情报进行核对等，所有这些都可以比较准确地说明间谍人员在那一边的表现如何。另外要指出的是，由于遭遇和处境不同，他们在人们心目中的价值与名声往往高低悬殊有很大不同。以马特和杰夫为例，这两个人在我们的心目中以及在案情掌握者看来，一直很受重视，一直处于最得意的状态，普遍认为他们是很有价值的情报来源，而且又是幸运的和能干的行动爆破手，但是在另一种场合下，这两个人也曾被列入最严重的怀疑之中。一九四四年上半年，加宝和"三轮车"都是被秘密来源材料评价最高的，但是他们的地位也有过波动，这也许是因为他们向敌人说过些什么，也许是敌方的领导人有过一些说法，传到了我们耳中。总之，对所有这些间谍人员我们都是在逐月逐日地反复研究，多方面认真考核，这是件非常必要的工作。

　　这一年年底时，国防部检查了我们的案件以及所发出的情报情况。事实证明我们对于大部分案件是充满信心的。十二月间，"三轮车"的小组被批准参与这场决战的欺骗活动。到了一月间，经过反复斟酌，又批准让布鲁特斯也参与这次活动，我们过去一直担心德国人对他是否信任，但从秘密来源中所获的材料使我们解除了顾虑。这样，在这次欺骗活动中所使用的主要力量就包括：加宝、"三轮车"和布鲁特斯；其他进行配合的人员还有屈息儿、塔特、墨雷特、杰拉丁、布朗克丝，还有马特和杰夫以及一些不大著名的人员。因此看来，尽管我们等了很长时间，但在高潮到来时，我们准备得非常充分，力量的配备比预想的还好。

现在让我们再回到前一章中最后的那句话上来，我们虽然得到了胜利，但几乎也险些失败，主要有六个原因说明两面间谍系统在反攻日到来以前是处于飘摇不定的危险状况中的，这六个原因是：

一、首先，关于两面间谍工作，由于战争的长期性和这项工作本身的复杂性及其迅速而错综复杂的发展，实际上现在已经伸展到许多遥远的地区了。例如，我们有两名间谍人员远在冰岛活动，加宝手下的一个情报员还在加拿大，另一名则去了斯里兰卡。此外，一个相当可观的并且是高度成功的两面间谍庞大组织在中东各地活动，所有这些都意味着关于两面间谍工作的理论与实践必须广泛传达到这些组织与成员当中去。而且，德国人从各个占领区撤退以前，一般总要留下一批潜伏组织继续进行情报与破坏活动并与德国人继续保持着联系，其中有很多将被我们发现并加以逆用。要搞逆用，就必须指派一些军官，不管是英军的还是美军的来参与和管理这项工作，这些大批的盟军军官都要接受这方面的特殊训练。为此，在战争后期，国内安全科不得不开办一个专门学校来训练这批军官。

　　开始时，两面间谍工作被严格地局限在一个很小的神秘的小圈子里。但到了一九四四年，它已经扩大到了相当的范围，不论参与这项工作的成员如何小心谨慎，由于涉及面越来越广，参加的人越来越多，这样绝对不可能自始至终一点情况都不外泄，如果真的泄露并万一传到敌人那里去，我们的一些人员就会落入敌人魔掌，而且还可以进一步设想，如果德国人证实我们是在大规模地经营一个两面间谍网，他们必然要对所有的间谍人员产生怀疑，这样我们多年来惨淡经营的事业就会毁于一旦。

　　二、第二个危险也是与泄密有联系的，一九四三年下半年，有几个德国人包括一个叫埃里希·卡尔的，此人原为荷、比、卢地区德军公墓委员会的一个成员，他也可能是个阿勃韦尔机关的特务分子，这几个人被遣送回德国了。在遣返以后，我们从情报中获悉，包括卡尔在内，有三十三个德国人，在英国马恩岛战俘营被关押期间，曾经同哈姆地区的WX战俘营内的德国战俘进行过秘密通讯联系，互通音讯。为此，军情五处于一九四三年十二月曾派专人前往达特穆尔进行调查，因为在WX战俘营中关押了一些重要战俘，调查的结果很令人担心，它可能对杰夫案件（杰夫曾在WX战俘营关押过）造成不利影响，也还可能危及到塔特案件。我们没有听到后来在德国有什么反应，也许这些被遣返人员回去以后没有提供什么报告，也许提供了报告而未受到重视，总之似乎没有发生大的意外事故。但这件事引起了我们极大的紧张，后来没有发生大的问题，只能说是侥幸而已。

三、第三个危险是来自另一个方面的，我们曾经很满足于已经将德国在英的全部潜伏情报组织控制到手，在英国境内已经不存在竞争对手了。但是在一九四三年秋，我们发现在伊比利亚半岛上有个代号为"奥斯特罗"的敌方间谍组织不断向德国发出情报，并报称这些情报的来源是直接来自在英国的潜伏人员。这使我们大吃一惊，但后来查明他们所谓的潜伏人员实际并不存在，他们向德国所发出的情报是根据谣言传闻加上编造而成的。但尽管如此，这个组织仍然对我们构成了相当的威胁，一方面是他们所发出的情报到了柏林会不会超过和压倒我们的？另一方面是他们在胡编情报时，会不会歪打正着而将我们的真实情况编了进去从而给我们造成损害？我们对这个问题是有争论的，有人认为他们的胡编乱造对我们是利多害少，因为它在实际上起了扰乱德国人的作用，他们的情报都是望风捕影的无稽之谈。最后双十委员会仍然认定他们是有害的，我们曾采取过许多措施想拔掉这个钉子但未成功，他们一直活动到战争结束。

四、第四个危险来自德国情报机关内部的组织调整方面。由于阿勃韦尔机关被认为是无能的，加上这个机关的特务头子卡那里斯海军上将由于政治上被认为不可靠而于一九四四年二月被清洗，为了决定这个组织的今后命运而开了一系列的会议，最后于五月间作出了决定，并在奥地利的萨尔茨堡举行的德国特工首脑会议上由希姆莱宣布，根据决定，阿勃韦尔机关被撤销，但是德国国防军最高司令部在新成立的陆军情报局中保留了原属阿勃韦尔机关的一些职权，阿勃韦尔机关的一些局长们也都留在了陆军情报局工作，直到七月二十日在一次企图暗杀希特勒的阴谋败露以后，许多原属阿勃韦尔机关的头子才受牵连而去职，于是这个成立不久的陆军情报局又变成国家安全总局第六情报处。他们这样的变来变去，对我们关系不大，但是阿勃韦尔机关是我们一个长期的对手，我们对他们非常熟悉和了解，因此他们的覆灭，倒是对我们的一个打击，如果德国人的组织变动提早实行的话，他们的新扫帚很有可能会把我们积累的灰尘一扫而光，这对我们来说，又经历了一次险境。

五、一种更难对付的危险甚至有可能破坏我们整个的事业，就是那些德国阿勃韦尔特工在快要完蛋时的活动动向，有些精明的德国人早就在判断战局形势，估计了谁胜谁负并为此决定了自己的态度。其中有的人如朱尼尔早在一九四三年十一月就向我们投诚了，他过去就是个反纳粹分子。但是也有人出于自私的目的想来投机。在一九四四年年初，敌人内部的这种倾向对我们是个威胁，因为万一有个阿勃韦尔头子投诚过来，他必然会将德国在英的全部潜伏情报组织作为见面礼而向我们告密，但实际上这些潜伏人员早已全部被我们控制使用了，而万一发生这种投诚事件，德国特工机关认为我们一定会逮捕加宝、"三轮车"、布鲁特斯、塔特和其他所有的间谍人员，来个一网打尽，如果我们根本不触动这些人并且容许他们自由自在地继续活动，那就无疑是告诉德国人说这些人早已变过来了，因此，这个时期的任何特工人员来投诚，也许他们的出发点是好的，但其结果对我们来说都是灾难性的，有可能因此而冲垮我们全部的两面间谍系统，那时我们真担心如果胜利再往后推迟几个月将会发生什么事。

六、在反攻欧陆以前，确实发生了一次真正的危机，其情况同上面所谈的几点是有关联的，大家还记得，"三轮车"在一九四三年夏秋之交曾去过里斯本，安排他的所谓"溜出去计划"，他在里斯本的时候从"艺术家"那里获得了大量情报，在回到英国向我们汇报时，他表示绝对肯定"艺术家"是忠实地为英国人工作的。他还报告说："艺术家"虽然受到阿勃韦尔机关的袒护，但总担心盖世太保会找他的麻烦，因此"艺术家"总想到英国来。几个月以后，"艺术家"答应同"三轮车"更密切地合作以实现他多年来反纳粹的夙愿。

"艺术家"确实给我们提供了许多相当有价值的情报。但有的情报也使我们感到为难，按照他所提供的情报，我们本来应该逮捕加宝（假如加宝未被我们控使的话）。基于同样的原因，为了避免暴露，以致损害整个两面间谍系统，我们在十一月间不得不把朱尼尔从活动中撤了下来。"三轮车"于十一月从里斯本回到英国，一直住到一月，在此期间，我们派人去和"艺术家"接头，进行了直接接触，发现此人确有强烈的反纳粹思想，他坚信纳粹必败，同时对共产主义也深怀疑惧，对阿勃韦尔机关的无能与贪污腐化深为憎恶，他表示希望能在战后有机会发展他的个人事业。

二月间，"三轮车"为了维持他与阿勃韦尔机关的正常联系而再次去里斯本接头，四月间回到英国，直到反攻欧陆以前，这个案件似乎进展很顺利，但实际上却处于严重的危机之中，因为我们对于"艺术家"过于信任了,尤其是相信他对与德国人关系的解释。这也难怪,因为尽一切可能来了解敌方意图并获取证据,本来是两面间谍工作中的一项经常性而重要的任务,"艺术家"受到我们的器重,因为他不仅能经常提供我们所需要的关于阿勃韦尔的情报,而且还能获取有关德国火箭、大炮和其他新式武器的情报。到了一九四四年春,欺敌行动变得更为突出更为重要时,"艺术家"所处的地位对我们有着举足轻重的影响,因为当时他是一个在欧洲大陆、远离我们控制之外的两面间谍,不要说别的条件,只要他想叛变我们,是随时可以这样做的。

在这个时期,为了慎重起见,我们停止向伊比利亚半岛派出任何海员间谍,主要是担心并为防止泄露任何情报出去。但是我们留下了"艺术家"(我们始终觉得他不会背叛我们),他一直处于随时可能叛变或变节的环境之中。我们之所以这样做,是别无选择的,如果我们将他撤下来而保留其他的间谍人员叫他们继续活动,那么正如前面所讲的,德国人很可能会怀疑这些间谍已被我方控制了。由于这个原因,掌握加宝案件的负责军官二月间曾提出意见,反对把加宝用在欺敌活动中并坚持要把加宝从工作中撤出来,这位军官认为"艺术家"很可能会搞垮我们。

五月间,倒霉的事终于发生了。我们发现"艺术家"突然神秘地离开了葡萄牙而秘密潜赴德国。对于这种反常的意外,我们但愿是并且也有人这样认为,他仅仅是出于经济上的原因,但这只是一种虚无缥缈的自我安慰而已。调查结果可以判定,"艺术家"的这次行动是对我们一系列重要工作的最沉重打击,"三轮车"案件和弗里克电台的运用都只好被迫停止。

当时议论纷纷。乐观者的估计认为我们只不过是在反攻欧陆之前损失了一个或几个重要案件而已，悲观者的估计则认为我们所有通过两面间谍而进行的欺敌活动全部处于危险之中。事实上，我们再一次被时间和命运挽救了。在我们大举反攻欧陆时，德国人还没有来得及详细研究"艺术家"这个案子，自然更来不及过问它所涉及的各个复杂方面，也许是打算以后再仔细研究，但时间已经不允许了。

上面列举的事实说明我们的工作是怎样在惊险中取胜的，尽管有这么多艰难险阻，但我们仍然排除万难，进行最后的欺骗敌人的决战，下面就谈谈这个问题。

"三轮车"组织由于"艺术家"事件而垮台之后，我们剩下来的间谍人员还足以承担各种任务，只不过布鲁特斯的担子更重了。大家都还记得，我们最后的这项欺骗敌人计划的中心内容就是要在加来海峡方面给敌人制造威胁，把德国人的注意力完全吸引到加来海峡地区，要给敌人造成这种威胁，就必须在英国的东南部摆出有大兵团集中的架势，或至少要使德国人相信我军正在这里集中待命。为此目的，我们就要通过两面间谍，把一份假造的英军作战命令传到德国人那里，这种方法过去在中东曾使用过并取得了成功。

但在贯彻这项计划的方法上曾有过曲折，一九四三年二月，根据联合总参谋部的指示，国土防卫部队曾经编造过一个假的作战命令。三月间，上边又进一步指示，可以大幅度地夸大我军兵力，增加七到十个师（实际上完全不存在），在双十委员会讨论时，国土防卫部队的代表认为，夸大我军兵力的这个情报只能通过电台发给敌人，因为我们人力缺乏，不可能使用假的部队来冒充。后来联合总参谋部和通讯兵部以及国防部电讯局共同研究，认为没有相应的部队移动单靠电台情报不能取信于敌。六月间，联合总参谋部同国防部以及"哥萨克"指挥部再次研究，认为时机和条件还不成熟，暂时不用电台发此假情报。到了一九四三年年底和一九四四年年初，这份酝酿已久的假的作战命令才正式定稿，因为这时，条件已具备，通过电台发出这个假情报的时机已经成熟。

这个欺敌计划的要旨，简单来说，就是凭空捏造出两个集团军来，其中一个是真的（第二十一集团军），另一个是假的（美国第一集团军）。当第二十一集团军开赴欧陆时，所谓的美国第一集团军应留在英国后方，它的兵力包括美国第三军（真的）和英国第四军（假的）。在反攻欧陆开始以后的一个月左右，当美国第三军也开往欧陆时，所谓的实际并不存在的美国第一集团军剩下来的又虚假编制了如美国第十四军、英国第四军等。在开始反攻欧陆时，表明我们实际情况的军用地图上，英国本土的防卫重点主要是摆在西方和西南方，而假的作战命令和作战地图标明我军主力的是摆在苏格兰及东方和东南方。

当这个虚构的作战命令深深印入德国人的头脑中和载入他们的档案材料时，他们就必然得出我军即将向加来海峡方面发起攻势的判断，已有大量证据证明德国人完全相信了我们的欺骗计划，事后我们在意大利缴获了德国人于一九四四年五月十五日绘制的关于英军作战部署的军用详图可以说明德国人是多么深信我们通过两面间谍特别是加宝和布鲁特斯所提供的假情报。在法国我们还缴获了一份德国人发给其战地指挥官的小册子，上面有盟军部署的彩色地图，把我们那些并不存在的幽灵部队全都标上去了，德国人的分析判断与我们欺骗中想达到的目的可以说完全一致。除此之外，我们还可以从六月九日日本驻柏林大使馆陆军武官向东京的报告和给伊斯坦堡、索非亚、马德里及里斯本的日本陆军武官的通报中进一步得到证实，日本武官在报告中说："由于有整整一个集团军驻扎在英国的东南海岸，可以断定他们即将对加来—敦刻尔克地区发起进攻。"

对欧陆的反攻是在六月六日进行的，但从上面这份报告来看，甚至在我军发起反攻以后德国人还没有苏醒过来。在反攻开始后的第三天，加宝组织的情报员开了个会并提出一个报告，建议向德国最高统帅部发出紧急情报，说盟军已集中了七十五个师（实际不到五十个师），但整个第一集团军仍处于集中待命状态，没有参加欧陆反攻，说明这次在欧洲的登陆只是一个牵制性行动，真正的反攻将在以后针对加来地区大规模展开。

这份情报很快就得到了反映，一份从被占领的巴黎给马德里的敌军内部报告说：伦斯德将军已向德军装甲兵团发出指示，对这份情报极为重视。这位将军像《雾都孤儿》小说中描写的那样"还想要一点！"希望能得到这方面更多的情报。在柏林的特务头子向马德里透露，希姆莱本人对于加宝情报组织的成绩至为满意,已指令他严密监视英国东南沿海大兵团的动向(十月十八日《泰晤士报》军事记者报称,缴获一份德军高级将领与参谋军官之间的电话记录,谈到六七月间的军事情况,据说德国第七军于六月九日曾要大本营赶快增援,从隆美尔元帅的答复可以看出德国人受骗之深,这位元帅答复说对在瑟堡受到攻击的第七军现在无法支援,因为最高统帅部坚决相信在几天之后将有一场远比瑟堡更大的登陆作战即将来临)。六月十一日柏林还告诉马德里说:"上周我们收到阿拉伯尔(即加宝)的情报已经全部得到了证实,他的情报具有无比重大的价值!"

看来德国人一直到最后仍然相信我们确实打算进攻加来海峡地区,只是由于诺曼底登陆获得了比预期更大的成功才取消了加来战役,德军的部署情况完全可以证明这一点,六月九日,原来驻守巴黎西北郊的德军一一六装甲师奉命迅速转移到索姆地区,党卫军第一装甲师奉命从特恩豪特转移到根特地区,而索姆和根特这两个地区都是直接面对加来海峡的。另外,原在索姆以北驻防的八十五步兵师曾接到过命令准备调防,而此时这个命令也撤销了,仍留驻原地待命。此外还有七个精锐师原来是打算增援瑟堡地区的,但在盟军反攻半个月后仍一直留驻在加来地区。按照约德尔元帅的意见,德国人要在加来地区部署十五个师以对付盟军的登陆进攻并保护V型火箭基地,显然这是德军最高统帅部的一个致命的战略性错误。

在欺骗敌人方面所取得的辉煌成果是显而易见的,它不仅在我军的主攻方向上迷惑和欺骗了敌人,而且在我们发起实际进攻以后，仍使敌人继续蒙在鼓里，无法自拔。不仅如此，我们每采取一步措施，都使敌人更深地陷入一层，如我军在法国登陆以后，通过间谍人员将这些部队的番号透露给敌人，敌人又可以从战俘口中得到证实，即这些部队确已在欧陆上岸，而他们所熟悉的其他那些部队的番号一个也没有出现，显然是仍留在英国。因此，在德国人的心目中，对加来海峡的威胁成了一块巨大的阴影，到了七月甚至比五月更为危险，甚至到了秋天仍是如此，直到十月二十五日，日本驻斯德哥尔摩的陆军武官才向东京报告说，所谓的美国第一集团军，实际是不存在的！

这里要再次说明本书不是专门叙述欺骗敌人活动的，有时涉及这个问题也仅仅是为了说明一下与两面间谍工作有关联的方面。两面间谍是向敌人灌输欺骗计划的有力渠道之一，如果说成功，首先应该归功于"欺敌"行动本身，至于两面间谍系统仅仅是用事实和行动表明他们是个有效的渠道而已，也可以说，是个得力工具。必须指出，向敌人传递假情报并不是他们的唯一工作，有些其他工作也应提一下。

第一，在执行"霸王行动"的欺骗计划期间，我们充分体会到由于全部控制了德国在英情报机构而带来的巨大优越性，因为我们在同敌人斗争的过程中，完全没有后顾之忧。我们可以有把握地说，敌人对于我军登陆反攻的准备工作基本上是毫无所知的，从敌人在情报通讯中所提出的一些具体问题可以看出他们是多么愚昧无知。这个时期如同在"火炬行动"时一样，对敌人的情报封锁和给他们假情报一样，都是对敌人的沉重打击。"霸王行动"的巨大成功，同我们的保密工作和严格有效的封锁消息是分不开的。

第二，我们精心炮制了一个巧妙的计划，不用调动任何兵力就把德国人的注意力吸引到加来海峡方面来了，这个计划代号称为"奖金计划"，是由墨雷特和波倍特二人通过哈姆雷特设在布鲁塞尔的电台与德国人通讯的，墨雷特过去曾在比利时保险业工作，有相当声望，现在他又回到这里进行活动，他从布鲁塞尔给德国的一家保险公司不断发出一些保险业务方面的报告。实际情况是，这家德国保险公司一向与荷、比、卢三国及法国北部的许多工厂企业有保险业务关系，对这些地区的经济与工业情况是相当熟悉的，德国政府利用这一点要求这家保险公司提供情报资料，特别是有关加来海峡方面的情况，方式是完全伪装与政府无关的商业保险业务活动，而墨雷特正是负责给他们提供资料的，后来哈姆雷特于一九四四年四月离开了布鲁塞尔电台，因此墨雷特发出的资料是否已经到了德国人手中以及具体效果如何，我们不得而知，但是这种做法是应该加以肯定的。

第三，我们的掩护计划，部分工作是由间谍人员塔特完成的。读者可能还记得，一九四一年塔特就向德国人诡称他在英国拉德利特一位朋友经营的农场里隐蔽栖身，他对德国人说他在农场里农活很忙，偶尔才有机会进城去伦敦，因此不能经常替德国人搜集情报，只能偶尔为之。为了着眼于将来的工作发展，我们又替他设计了一个借口，说他的农场主人在根特附近的怀城有个朋友，也是经营农场的，他有时要去怀城为他主人的朋友帮忙干农活。这样设计的目的是给塔特找个借口，以便能向德国人发出有关这个地区的军事情报，而这些情报当然是对我们有利的。

四月间德国人指示塔特尽一切可能设法了解盟军准备登陆的情报，五月底塔特就携带发报机来到了怀城。过去我们曾使塔特给德国人留下一种印象，就是他很善于结交朋友，因此现在德国人就不会感到惊奇了，塔特声称他结交了一位在阿什福德的铁路职员，而且已成为好友，他从这个铁路职员那里了解到一些军事运输的安排，美国第一集团军已从集中地开往港口待命出发等，这就在德国人心目中进一步证实了对加来海峡的严重威胁。塔特的这份情报受到德国人的高度赞赏，后来我们了解到有个阿勃韦尔的德国军官居然说："塔特的这份情报简直可以决定战争的命运！"

在欺骗敌人过程中的间谍使用问题，有时报告一些情况固然可以愚弄敌人，而有时报告"没有情况"也同样可以愚弄敌人。例如，德国人知道间谍人员屈息儿一般是到布里斯托尔度周末的，她从那里向德国人发出情报说"在英国西南部经反复观察，几乎看不到有什么部队活动迹象"，这样就使德国人更加相信我军的出击地点是在东南部而不会在西南部。

搞密写的间谍人员也显露了身手，特别是布朗克丝，德国人相信她有敏锐的观察力，认为只要把她放在伦敦，一定能看出军事动向来。他们知道如果光等待她的来信，有些情况可能耽误，为此在三月初，他们给她送来一套暗语，规定在探明英军动向后，可以给里斯本拍发明码电报，里面是暗语，电报上可以说由于治牙需要付给牙医多少钱,要求汇来,实际是用钱的数目来暗示英国的进攻方向是在法国北部、比斯开湾、地中海、丹麦、挪威还是巴尔干。布朗克丝在密写信中又向德国人提出了对这套暗语的改进意见,她建议在暗语中用"内科大夫"、"外科大夫"和"牙科大夫"来分别代表她所获情报的确切程度,还提出了暗示进攻日期的方法。

按照我们的欺敌计划,应将德国主力特别是其装甲部队设法阻留在波尔多一线并尽量防止他们前来我军实际登陆地区迎战。这个问题不可能哄骗敌人太久,也不需要太久,只要几天时间就足够了,在这几天当中必须使德国人感到我军可能在波尔多地区登陆,这样就使他们的装甲部队不能挪开。为此,五月十五日布朗克丝用法文给里斯本拍发了一份明码电报:"因需付牙医款,请速汇五十英镑。"这份电报是暗语,译出来应为:"已获确实消息,盟军将于一个月后在比斯开湾登陆,日期大约是六月十五日。"随后,她又在一封密写信中进一步叙述了详情,说她有一位军官朋友,在稍微有点酒醉之余对她说这一天将对波尔多地区进行空降登陆,但在第二天这个军官又嘱咐她千万保密,登陆已推迟到一个月后即六月十五日左右。

布朗克丝所发的情报看来似乎有点玄虚,使人不大敢相信,但有两件事证明她的努力没有白费:第一,当我军在瑟堡登陆时,德军装甲兵团一直停留在波尔多地区按兵不动,而没有挥师北上迎击我军;第二件事就更有意思了,几个月以后,在一九四五年三月当德国人正等待我军新的进攻时,他们给布朗克丝寄来一信，指示她查明下一步盟军打击方向并再次用明码发来电报，敌人在来信中说："请查明敌军登陆或空降的方向，仍用过去的牙医暗语通过明码电报发来。兹规定：如在瑞典以南登陆，寄三十镑；在挪威登陆，寄四十镑；在丹麦登陆，寄五十镑；在德国湾登陆，寄六十镑；在德国湾登陆并空降，寄七十镑；在柏林以西空降，寄八十镑；在柏林以西空降并在德国湾登陆，寄一百镑。"这件事几乎令人难以置信，因为在一九四四年五月德国人收到过布朗克丝用这种方法拍来的暗语而且事实证明那次的情报是不能使他们满意的，但事隔一年以后，他们居然又让她用同样方法来报告情况，真使人莫名其妙。

在结束本章所谈关于在一九四四年伟大的战略欺骗行动中对两面间谍的运用问题时，应再次说明使用两面间谍仅仅是渠道之一，这种手段与其他渠道相比较各有哪些优劣，这只能最后从敌方那里才能证实并只有等待关于欺骗行动这本书写出来以后才能知道，但现在也可以说两面间谍做了出色的工作。一九四四年十月二十五日国家安全部部长和欺骗行动总指挥官说："几天前帝国总参谋长十分称赞地谈到近几年来在欺骗敌人方面所取得的辉煌成就。"虽然得到这种赞誉使人感到荣幸，但我清楚地知道如果没有各部门的协助，单靠我们是什么也搞不成的。关于这方面，军情五处所做的贡献是突出的。国内安全科和双十委员会长期以来一直在促使德国最高统帅部做出各种各样的错误判断，特别是在大反攻开始时的"霸王行动"更是如此，未来将会更好地证实我们的论点。

老书新刊 之 谍战系列

第十二章　在大战最后一年中两面间谍的运用

在一九四四年夏天，许多人提出这样的主张，认为两面间谍系统已经完成了它的历史使命，其作用已发挥到极限，该到解散的时候了。这种议论是很多的，有人认为在进行大规模的欺骗行动决战期间，很可能使我们的间谍人员丧失殆尽，而且德国人迟早会从受骗上当中醒悟过来，不如在他们觉醒以前，我们就自动地偃旗息鼓，胜利收兵。还有人提出继续经营这些案件有一定的实际困难，"沙也夫"指挥部为了使我们能够进行欺敌活动而允许保留一条与敌方的通讯渠道，但是在反攻欧陆以后再继续保留这种通讯渠道并继续多方设法维护那些"幽灵"师团的存在就不那么容易了。另外，人力的短缺也逼得人们不得不这样考虑，国内安全科训练了一批在海外服务的军官，由于这些经过训练的军官特别是其中的无线电报务专家必须去欧洲大陆经营管理那里的两面间谍案件，这样能留在英国从事新老案件的人就寥寥无几了。

工作的重心已经转移了，在英国的两面间谍已经成了"黑户"，一般人的兴趣随着大军前进而向前推移，已经转到那些在德国人撤退时遗留下来的潜伏特务身上，绝大部分这种潜伏特务已被我们挖掘了出来。确实，很难设想在一个有法制的社会中还容忍一个非法的鬼鬼祟祟的发报机构继续活动，这是与地方法令不能相容的，特别在一些新收复地区更为困难，他们容易在惴惴不安的居民当中引起间谍恐惧症，使人们疑神疑鬼，互相猜忌，怀疑自己的邻居会不会是个暗藏的间谍。正当大多数居民箪食壶浆，热烈欢迎盟军的高潮时，谁要想在家里隐藏一个"黑户"是相当困难的，万一引起误会，那就会引起一场无休止的麻烦，会有多少人吵闹告状。

所有这些说法都有一定的道理，但取消派的最有力的理由在于，当时弥漫着一种普遍的乐观情绪，都认为在年底以前可以结束这场战争，换句话说，该到甩掉战争那一套玩意儿的时候了。

在当时，主张取消两面间谍系统的人多于主张保留的人。有人质问，你们搞欺骗计划这么久了，还想搞到何时才算完？他们不了解,即使"霸王行动"计划取得完全胜利也不能等于所有的欺敌计划都应该鸣金收兵。这是由于一九四四年六月反攻欧陆的登陆战取得的伟大胜利,多少使人们有点头昏,他们开始对那些不大显眼但并非不重要的艰苦工作有点看不上了。其实欺骗敌人的工作并不是简单搞个计划就能完成的,单纯地把我军兵力夸大一下或缩小一下并不等于是这项工作的精髓。因此现在的问题是,是不是已经到了应该收缩整个战略欺骗活动的时候了?虽然欧洲这个堡垒已被我们成功地打破了,但是德国这个堡垒还需要通过进行另一次战役来打破它,其困难程度也许与欧洲登陆同样或者更甚,难道我们就不需要另一条战线的斗争和支援吗?

关于对敌人潜伏特务的逆用问题,争论不大,但是德国人对这些新建的和未经考验的间谍不如对老的那样重视和放心,我们也感到这些新的间谍人员只能从事一些短期的战术性的工作任务,不宜承担重任。

在一九四四年,人们还难以想象战争会以怎样的方式结束,但看来德国人在军事失败之际很可能会布置一批潜伏的特务继续从事情报破坏活动。人们还记得,在一九一四年至一九一八年第一次世界大战后签订合约时曾规定不准德国人保留任何情报组织,只许保有反间谍机关。但实际上德国人从那时起就在各种掩护下实际保存了情报组织,主要掩护在商业企业之中。这样的事还可能重演,而在那时我们掌握的间谍人员就可以有效地发现这方面的活动。就两面间谍系统来说,虽然它在进行欺骗行动方面的作用减少了,但在情报与反间谍方面的作用却上升了,在摸索探查敌人意图，刺探敌方的密码暗语，甚至在进行政治宣传等方面的作用，都可以逐步显示出来，这些在后面还要谈到。

现在回到关于两面间谍系统是否有必要存在的争论，两面间谍作为战争中的一种武器已被事实证明是有威力的，现在战争还没有完全结束，有识之士都认为不应重复一九一八年的错误，当时我们的安全保卫工作过早地削弱了，现在又有人想在两面间谍身上重复过去的蠢事。事实上我们在一九四四年的时候，还不可预见到未来的一切，谁也不能断定在战争结束时两面间谍可能发挥哪些作用，以往的事实已经证明它是有用的，而对它的全部作用我们还没有完全认识到，后来证明确实如此。

幸运的是关于保留两面间谍系统的争论终于通过了，最后同意我们继续经营这项工作，但要做些调整以适应变化了的新形势，决定将从欧洲大陆敌人潜伏组织中建立新的力量这项工作改由第二十一集团军和第十二集团军来领导，因为，这些间谍人员所从事的活动都是短期的和战术性的，不可能也不必要事事都通过在英国的领导机关。为此目的，一九四四年八月在第二十一集团军和第十二集团军的共同领导下，仿照双十委员会的样子新成立了一个"212委员会"，这个组织后来又被"沙也夫"指挥部接管了过去，它的任务是审批决定由我方控制的间谍人员与敌方的通讯联系，制订欺骗敌人的计划，指挥间谍人员从事各种活动等。这个"212委员会"领导并指挥所有在欧洲大陆上的两面间谍活动，一直到战争结束。与此同时，在英国本土的两面间谍工作，仍由双十委员会负责。

我们说过，把两面间谍系统保留了下来而没有过早地取消是个幸运，因为有两项极为重要而又在事先没有料到的欺骗敌人活动取得了辉煌的成功，一项与德国V型火箭有关，另一项与德国"U"潜艇有关。奇怪的是这两项如此重要的欺骗敌人行动都不是我们总部设计的，而主要是由在欧洲大陆上的间谍人员发起的。加宝也从中做了大量工作，在我第二十一集团军发动总攻之前，我军计划在科隆与杜塞尔多夫之间空降作战，然后横渡莱茵河，直插敌人心脏。加宝的主要活动是向德国人进行欺骗迷惑，制造各种假象，使他们的援兵龟缩在德国西北部不敢挪动。这件事在后面再详谈。

很自然，到了这个时候，我们的间谍人员在数量上是有相应减少的，在一九四四年年初我们原有二十条与德国的通讯渠道，其中有九条是电台联系。一年之后只剩下六条通讯渠道，其中有四条是电台联系。间谍人员在数量上的减少有的是因为不适宜从事欺骗活动，有的是因为断绝了经费供应，有的则因为失宠于德国人，也有的因为名声不好（如马特和杰夫，由于多次制造挪威登陆的谎言而搞得名声扫地，不得不撤出来），最后还有的是因为他们的间谍领导人被我们抓获了，当然也只好退出历史舞台。

令人惊异的是在整个"霸王行动"的决战期间，我们没有损失任何一个间谍人员，而且参与这项欺敌行动的主要间谍人员还都受到了德国人更多的重视与奖励。其中有些成员，不管他现在是否还在人世，但应该提一下，如间谍人员斯奈伯，德国人很看重他，一直想给他送来一台发报机，而且为此做过多次努力，此人过去是比利时的飞行员，德国人听说他有意回返祖国决定趁机派他回去潜伏并配备了一部电台，斯奈伯回到比利时后于一九四五年一月向德国人报告说电台运转顺利，实际他已在我第二十一集团军的直接领导下成为一个深为得力的两面间谍人员了。

屈息儿的活动表现没有辜负她的名字①，她最初派来时只有密写药水这种联络手段，一九四四年三月她被叫到里斯本，当时我们就估计敌人大概是要给她一部发报机。果然如此，她返回以后建立了无线电通讯联系，后来我们另外派了个报务员以她的名义与敌人继续通报联系，原因是她身体不佳，而且这个女人过于神经质，使人讨厌。

在巴黎解放的时候，我们允许屈息儿返回法国，在法军妇女辅助工作队服役，我们在英国的报务员以她的名义继续与敌人通报联系。八月间屈息儿在阿勃韦尔的特工领导人被我们抓到并押送来英国，这样俩人的位置颠倒了过来，屈息儿到了法国，她的领导人却来到英国，而电台联系依旧畅通，如同她仍在英国以及她的上级仍在欧洲时一样！屈息儿和布鲁特斯的工作不仅对于我们而且对于法国谍报机关都作出了杰出的贡献。

一个新的案件是法国人谢泼德，他是一九四四年三月间来的，这个案件本身并不显得重要，因为他只有密写药水并且无法接受敌方指示，但当初征募他的方法以及我们决定经营这个案件

---

① 她的名字英文原意为"财富"。

有些特殊原因：在西班牙有个德国人奈特儿，是个特务掮客，他负责给汉堡的德国情报机关物色间谍对象，而在暗中他也为我军情六处工作，物色一些人打入德国的情报组织，特别是在向美国的派遣活动方面。他所物色的人都是假心向敌、真心向我的，但他的努力并不很成功，我们使用谢泼德主要是为了抬高奈特儿在德国人心目中的威信，为了这个原因我们才经营谢泼德案件并让他给德国人发出一些情报，以应付门面。

比此案更为重要的是罗维尔案件，他是个波兰人，过去干过多种职业，当过铁路小职员、职业拳师和烤面包工人，一九三九年参加波兰海军，后来被俘充当苦工，一九四二年六月被德国秘密情报部发展，他住过欧洲的许多监狱，因为德国人给他的指示是叫他自己设法从监狱里逃出来以掩护他的身份，后来他越狱成功并于一九四四年五月经由西班牙来到英国。德国人给他的装备包括：显微胶片、详尽的工作指示、电台和一套相当复杂的密码、秘密通讯联络地址和密写药水。给他的任务是设法打入一个指定的航空工厂，找到工作并搜集这个工厂所生产的新型飞机的技术情报。

我们对罗维尔产生兴趣的原因是由于他曾受过长达一年的莫尔斯密码和建立与使用电台及密写通讯等专门训练。我们很难理解德国人为什么要在这个不受他们信任的人的身上花费这么大的本钱。我们为他安排了一个报务员，架起了电台，并给德国人发信进行联系，使人失望的是德国人没有答复。九月间我们决定中止这个案件并将罗维尔送回波兰海军中他的原属单位。

看来我们是过于性急和缺少耐心了,因为过后不久,德国人就找罗维尔联系,我们只好采取代替措施,由我们的报务员使用罗维尔的名义与德国人通报联系,幸亏这个报务员非常熟悉罗维尔的发报手法,这个冒名顶替获得了完全的成功,从十月九日起与德国人开始了电台通报。但好事多磨,在十一月间这个报务员又得了病,不得不住进医院,这又得向德国人解释为什么出现一个时期的沉寂,而且祸不单行,这个报务员在医院中因医治无效死了。后来怎么办?只有两条路可走,或者停止这个案件,或者再找第二个代替者再次冒名顶替。在当时,这个案件显得格外重要,因为我们迫切地需要针对德国人的V型火箭设施进行欺骗活动,我们决定再找第二个冒充者来冒充罗维尔并在一月间恢复了与敌方的通报。在第一次通报时,我们这位冒充者以罗维尔的名义向德国人报告说,在十一月十四日灯火管制中,他在一片漆黑之中从一辆货车上跌了下来摔伤住院,经检查,肋骨折断、锁骨错位并受些内伤。我们的医学专家说这些病情足可以掩饰长期沉寂的原因,而且由于他的伤势如此严重以致在发报手法上出现的任何变异也不致引起德国人的怀疑,事实上也没有引起他们的怀疑,因此这个案件一直成功地进行到战争结束。

一九四四年我们的队伍中来了一位老朋友,消息是逐渐传来的,说从奥斯陆来了一位神秘人物,这个人讲一口很蹩脚的德语,但声调高亢,穿了一套黑白点的西装,镶有两颗金牙,喜爱玩游艇等,我们一听就猜出来这一定是奇格扎格回来了,果然是他!他被德国人第二次空投下来,六月底在剑桥郡附近降陆,这次带来了两部电台，一个照相机，六千英镑和详细的情报提纲。在这次回来之前，他在德国受到了极为优越的待遇，大部分时间住在奥斯陆的德国情报站里，他作为一名行动破坏的功臣和能手受到人们的尊敬，德国人给了他高额的薪俸，他成功地把德国人骗得团团转。在他第二次被派出以前，德国人派了一名美国口音的心理学专家对他进行长时间的测验性谈话，他圆满地回答了一切问题。

他这次潜来英国的任务是：

一、设法获取英军使用的潜艇探索器装置的照片及材料。

二、设法确侦关于无线电探测飞机特别是探测夜航机设备的具体位置和详情。

三、查明德国飞弹所造成的实际损失。

四、确侦几个在英的美国空军基地的位置，德国人认为最近对德国的狂轰滥炸主要是从这几个基地起飞的美空军干的。

五、设法刺探一种新使用的无线电频率，德国人认为英国使用了这种新频率，有效地干扰了V-2火箭。

德国人还指示奇格扎格在完成上述五项任务以后应返回德国。他这次来英国确实给我们带来了大量情报，特别是关于德国新式武器。他说德国人把希望寄托在飞弹上，如果飞弹也不奏效，他们打算使用一种无线电控制的火箭，这种火箭所使用的燃料及建设费用相当昂贵。他还告诉我们目前柏林所遭受的破坏损失程度几乎同意大利的庞培城差不多。他说戈培尔声嘶力竭地宣传说德国人已经把伦敦炸成一片瓦砾，像一个屠宰场，这种宣传效果适得其反，德国人自己亲身尝试了屠宰场是什么滋味。他还说由于盟军使用了反潜艇武器，德国海军的士气很低落等。德国人对奇格扎格表示如果他能完成这次活动任务，将给他八十万马克的丰厚报酬。

奇格扎格第二次来英国如同第一次一样为我们带来了巨大利益，他还按照我们的意图向德国人报告了轰炸效果，这也做出了成绩。但是在他身上也有个危险倾向，我们发现此人过于好说，经常吹嘘他的工作和活动，不能守口如瓶，这使我们感到有必要见好就收，决定及时结束这个案件。

布鲁特斯案件的结束有着不同的原因，在法国所进行的逮捕和审讯追查到他过去在法国的组织活动及个人品德问题，追查的结果使我们感到这个案件已经无法再继续经营下去了。加宝的情报网一直维持到战争结束，并在战争的最后一年里扩大了力量，他手下的一位女情报员，被派到斯里兰卡，她在路易·蒙巴顿勋爵的司令部工作，她把情报寄给加宝，加宝再寄给德国人，德国人又通过日本陆军武官将情报转发到东京。

第四号情报员在"霸王行动"以前一直是加宝获取情报的一个主要来源，此人对搜集情报极为热心，以致自愿离开陆海空三军军事学院而去了加拿大，在那里他与第五号情报员会合并充当五号的无线电报务员。德国人对于他们这部电台的活动非常器重,他们有一套极为精巧的安全通报措施和一套高度复杂的密码系统,他们不仅和伦敦,而且在加拿大与马德里之间直接通报,这样他们在对日本方面进行欺骗活动以及在新大陆上发现德国人所布置的潜伏组织可以发挥很好的作用。

加宝的活动成绩受到了他在盟军方面的真朋友和在纳粹方面的假朋友双方的高度赞赏,在英国方面,一九四四年十二月向他颁发了"英帝国勋章";在德国方面,六月间决定向他颁发铁十字勋章,尽管他是西班牙公民,但后来发生了一个插曲,以致最后未能得到这个荣誉,下面是后来落入我们手中的一九四四年十二月二十九日从马德里寄给柏林的一封公函,函中称赞了加宝的成绩,同时也再次证明德国人对他的信任程度。

一九四四年十二月二十九日

关于在柏林对授予加宝以二级铁十字勋章的讨论情况。在六月十七日的信中,我们主张授予加宝二级铁十字勋章,同时强调他是个西班牙公民。我们有充分理由说明加宝在英国的活动是不断地以自己的生命为代价英勇奋斗,这与在前线作战的兰鹰师团中的西班牙战士是同样崇高的英勇行为。你们在六月二十四日来信提到这项决定已被批准并认为可以执行,我们也认为他完全有资格得到这种荣誉而不应有任何阻碍,这一点已经向加宝本人透露了,他当时正在极度疲惫的状态中,在事后他写了一份书面材料表示了对这个崇高荣誉的深切感激之情。在保持和扩大他的间谍网方面他是不断排除各种困难的，他把一切个人利害置之度外，他经常在敌后几个星期到处隐藏，历尽艰辛，远离爱妻和孩子，不能享受家庭安乐。他获得如此巨大的成功完全是由于他对元首和我们事业的特殊忠诚所致，因此他认为这个二级铁十字勋章一定是元首本人亲自批准颁发给他的。从心理上说我们很难向他解释这项决定还没有来得及报告元首，是否可以补报并给予我们支持，请尽速电告，因为加宝已不断询问何时可以领到勋章以便交给他的亲属妥予珍藏。

这里还要叙述一下一九四五年的一项新的动态，即两面间谍在直布罗陀的活动。在直布罗陀每天需要有大批工人进入要塞和船坞去干活，这就为敌人的情报活动提供了可乘之机，采取安全措施完全杜绝这种危险看来是不大可能的，但可以设法通过两面间谍从敌人内部来掌握这方面的情况，而这是可以做到的，双十委员会批准了这项做法。

在反攻欧陆期间，我们的间谍人员在与敌人通讯联系中能够不断地掌握敌方的兴趣与意图所在，在本书第五章中曾提到敌人需要刺探的一些具体问题，现在有必要叙述一下在一九四四年的下半年敌人迫切想了解的是哪些问题。最重要的，必须记住这时的德国完全处于防守状态，他们感到最迫切的莫过于了解盟军下一个打击目标指向哪里，因此询问我方各野战军的动向和刺探我军的作战命令的问题占有很大的比重,敌人一直想了解我们准备向何处发动攻击,如九月间他们再次对挪威方面感到不安,还一再打听我军高级将领的活动动态特别是空军和空降兵将领的动向。在政治性的问题中他们最敏感的莫过于了解俄国与其他盟国之间是否出现某些分歧。关于生产方面主要是了解飞机生产和化学工业的生产情况,他们不再打听我们的毒气作战准备情况,说明他们在今后无意使用毒气并对我们也无意使用表示满意。

我空降部队是敌方不断刺探的一个主题。十二月间他们询问:"美军第82及101空降师可能驻在法国的马恩河畔夏龙附近,请查明他们下一步的进攻方向。"这个问题显然与不久后伦斯德将军发动对阿登地区的反攻有直接关系。关于飞机方面,敌人曾提出探询关于喷气推进力的使用问题还有关于哈里法克斯、海盗式、桑德兰、飞行堡垒、海火式和夜半摩勒等几种型号飞机的具体情况,对我们防空炮火的兴趣显然是减少了。除了有关V-1和V-2火箭的轰炸效果外,他们很注意我们的反潜艇措施,对向英国发射飞弹和火箭以后英国可能采取哪些报复措施也十分关注。关于港口及船舶集中情况也是敌人的注意目标,因为这与我军的进攻部署有密切关系,德国人还布置所有的间谍人员了解他们发射飞弹及火箭的破坏效果,这个问题在后面还要谈到。

一个意味深长的问题是十一月二日他们向杰拉丁提出:"伦敦有一个镭研究所,主持人是赖斯·米特纳教授,犹太人;他同O.R.弗里赫教授共同负责该所工作,请查明这个研究所在伦敦的确切位置。"与此有关的是早在一九四二年四月德国人就向当时还在美国的"三轮车"提出了关于原子弹研究情况的问题，他们在当时提出的问题是：

> 关于镭裂变。根据所获情报，美国现在正从事利用原子核为动力的科研工作，一部分使用氦。请尽速查明这方面的情况，特别是下列几个问题：（1）在美国研究重镭方面采取了哪些具体步骤？（2）在哪些单位（大学及工业研究所）进行了镭的试验性工作？（3）在试验中还使用了哪些原料？听说他们在试验中严格选用最好的专家，宁缺毋滥，确否速告。

在结束这个问题时，重申一个信念，我们认为对于敌方所提出的各种问题有必要进行认真和细致的研究，可以从中了解许多问题，可以摸到敌人的兴趣和意志，这是通过两面间谍了解与研究敌情的重要方法。

现在让我们回到本章开始时所提到的在战争末期的两项最重要的欺敌行动。第一个是与V型火箭有关的，在开始时我们没有想到这个问题与欺骗行动有什么关联，但事实的演变与发展使我们意识到我们的间谍人员可以从中大有可为。

很早以来我们就想到德国人很可能会拿出点新式武器来，并且通过间谍人员与敌方的通讯往来也大体上能推测出这种武器的性质。一九四三年七月，国土防卫部队通知双十委员会说估计德国人很可能要使用火箭武器，要求我们注意这方面的动向。八月间海军情报部长认为德国的远距离火箭很值得注意，他建议双十委员会应该充分发动所属间谍人员来了解这方面的具体情况,他认为特别应该弄清在德国人的计划中哪些是夸张吹嘘的,哪些是实际存在的,他还认为军情六处应该全力投入这项工作。

九月间,"艺术家"向"三轮车"提出警告说不要住在伦敦,因为不久后将从法国海岸向伦敦发射火箭,这份情报我们立即转报给最高当局。鉴于"三轮车"能够同"艺术家"继续联系,军情六处决定暂时不派他去里斯本并决定以"艺术家"为主线来继续了解火箭动向而暂不使用哈姆雷特。加宝也对此问题表示关切,他的情报组织担心如果伦敦处于危险状态是否应考虑转移到一个比较安全的地方,我们答复说德国人的新武器无非与过去的轰炸机差不多,不必紧张。

一九四四年年初德国人的空袭加紧时,他们向许多间谍人员问及轰炸效果如何,我们认为应该有个标准如何答复这类问题,关于轰炸情况一般应如实地说,但损失状况要尽量压缩;关于士气应强调居民的愤慨和纷纷提出对德国进行报复性轰炸的要求;关于轰炸损坏的地点要确切答复不要胡编,但不要泄露损失的具体情况;关于未爆炸弹的情况尽量少说或不说。三月间,国土防卫厅指出:敌方燃烧弹所造成的损失不如高爆炸弹那样严重,但是我们的间谍人员回答敌方询问时应恰恰相反。

六月初,德国第一批飞弹(V-1火箭)袭击了英国,他们向间谍人员询问轰炸效果,这就给我们提供了一个欺骗敌人的机会,不管这些飞弹的实际效能如何,德国人只能根据过去试验数据来修正弹着点并且只能根据在英国的间谍人员汇报才能确切了解轰炸效果。每一个间谍人员对于眼前发生的轰炸事件是很难隐匿不报的，如果万一圣保罗教堂被炸中，就不应谎报说炸中了依斯灵顿的电影院，因为何处被炸这种真实消息，不用很久就会传到海外去的。因此，在这方面既要考虑如何欺骗敌人又要考虑别断送我们的间谍人员才行。

我们发现，虽然这些德国飞弹降落在什么地方的都有，但绝大部分降落在特拉法尔加广场的两三英里之内的区域，我们就利用这一点制订了欺敌计划，简单说来，就是设法诱使德国人缩短再缩短他们的火箭射程，故意夸大落在伦敦西部和北部的飞弹数目，而对落在南面和东面的飞弹则避而不提，这就使德国人感到他们的大部分飞弹都打得过远了，应该大大缩短射程才对，而实际上他们的主要问题倒在于射程过短，当时我们最担心的是不了解德国人有没有其他科学办法来精确判定弹着点。

总参谋部批准了这个欺敌计划的方针，但是有些政府部门提出反对意见，引起一场激烈争辩，妨碍了这个计划的推行。简单地说，总参谋部坚持这样的主张，认为敌人的飞弹如果没有在中途被击落那总会落在我们土地上的某个地方，这就要尽量使它远离人口稠密地区为妥。而内阁认为"不能承担把敌人炸弹引向我国任何一个地区的沉重责任"，因此坚决不同意。总参谋部在八月中旬再次提出这个计划并得到了有保留的批准，同意我们引诱敌人不要再延伸其射程。

另一件事也对我们造成障碍，有一条不在我们控制下的情报渠道"奥斯特罗"也在那里捣乱，他们向德国人发出一系列这方面的情况，尽管所报的情况完全不实，但德国人却很相信它。于是我们就绘制了弹着点详图通过间谍人员送到德国人那里去，用以纠正"奥斯特罗"的胡说八道。

九月初V-2火箭开始轰击英国，这同V-1火箭一样，给我们带来了同样的机会和问题。我们的欺敌计划大体同过去差不多，但是在技术上有些不同。在飞弹攻击时，弹着点很重要，但敌人对此是无法计算的。V-2火箭发射过程中的时间计算便很重要了，因为他们可以根据发射时间来精确地测出射程，也就可以对照我们的情报是否确实。为此我们决定告诉敌人V-2火箭在伦敦市中心的弹着点，但有意地将弹着点偏差增大到五至八英里，这样在几个月之内就把敌人的射程搞得很不准确，在四个星期的时间里即从一九四五年一月二十日至二月十七日之间，诱使敌人的弹着点每周东移二英里，这样就完全脱离了伦敦市区。

关于飞弹及火箭的欺敌计划主要是由本土防卫执行局策划的，在决定方针政策时我们没有参与，但在执行这项战略欺骗行动中我们提供了间谍通讯渠道从而把一系列错误情况不断地传给敌人以制造混乱。这次欺骗行动充分说明我军在欧洲登陆反攻以后继续保留两面间谍的重要作用，有些过去不大重要的间谍人员在这次行动中发挥了重要作用，如罗维尔，我们放手使用了他，因为不论怎么搞他都不会影响别人。在这次行动期间，密写通讯与电台通讯都发挥了作用。

公正地说，这次欺骗行动的成功是国土防卫执行局的胜利，尽管在进行过程中有许多人反对，但我们毕竟获得了胜利。结果是我们成功地诱使德国人缩短了他们的火箭射程,从而偏离了实际目标,这就大大减少了我们的损失。在战争结束后一份给国防部的关于两面间谍工作的年度报告中,军事情报部部长总结说有一位科学专家对战争期间德国飞弹和火箭的平均弹着点进行过计算并提出如果他们的平均弹着点每周西移五英里,就会给我们造成无法估量的巨大损失。这位科学家当然不了解我们的欺骗敌人活动,他还以为是德国人在计算上有错误,以为是技术问题,但是我们心里明白,正是由于两面间谍的努力结果,拯救了我国成千上万人的生命。

用两面间谍执行最后一项任务是代表海军总部的。应该指出,海军总部是在我国最早使用两面间谍进行欺骗活动的一个单位,当初他们进行这种活动时没有同其他单位商量而是单独进行的。如果陆军打算进行一项连续性的欺骗活动就必须得到许多单位的支援和配合,而海军进行一项潜水艇作战或商船队的欺敌行动只要有海军总部的批准就可以进行了。为了方便,我们一向称呼有关海军的欺骗敌人行动为"特别行动",这种特别行动多次取得非凡的成功并且持续了较长的时间。例如,我们曾巧妙地向敌人夸大我海军实力并于一九四三年诡称海军总司令拨给东印度群岛方面两艘新建的航空母舰,实际连一艘也没有。

在挪威海域,我们进行了一系列涉及北俄罗斯护航队及其他舰队的欺敌行动,还有关于海军新式武器、反潜作战方面的欺敌行动。例如,关于英国商船上装有"反鱼雷网"问题的欺敌活动从一九四一年六月就开始了,一直进行到战争结束,这一条不能认为是不重要的。我们也曾向德国人发出许多关于反鱼雷网的错误情报，诡称鱼雷是从尾部而不是头部被我们扭住，另外，尽量压低这种反鱼雷网的实际效能。将近四年来，海军情报部一直通过我们的间谍人员把这方面的形形色色的错误情报发给敌人，直到战争结束，他们始终没能弄清我们的反鱼雷网到底是怎么回事，虽然这种反措施从德国人的技术水平来说，是极其简单易行的，但在一定程度上也就防止了他们采取反措施的可能。

海军通过两面间谍所进行的欺敌活动的高峰是在一九四五年，主要是通过间谍人员塔特进行的。在临近一九四四年年底时，德国"U"潜艇的活动日益构成了对我们的威胁。有一个时期，由于雷达的使用和空中巡逻的加强，使德国潜艇很难再靠近英国海岸活动，但现在新的情况出现了，"U"潜艇不再需要升出海面来更换电池了，一种叫"斯纳科尔"的新装置可以使它在水底更换电池，这就使"U"潜艇可以较长时间潜伏在水下待机活动。在这种情况下，唯一防范潜艇的办法就是深水布雷，深水布雷可以打击敌人潜艇而不妨害我方舰船在水面上航行，但不幸的是我们既缺乏深水水雷，又缺乏布雷艇，这就给防范"U"潜艇的工作带来很大困难。

在这种情况下，海军情报部部长决定愚弄敌人，使他们相信有大量的而实际并不存在的布雷区，并为此目的塔特开始了他的活动。过去他曾向敌人透露过他从一个朋友处获得了不少的情报，这个朋友是专门从事布雷的，现在俩人又恢复了经常来往，在伦敦，这位朋友常常来塔特家中做客。塔特告诉德国人说这位朋友现在在英国海军"普罗佛尔"号布雷艇上工作,这只舰艇与另一个"阿波罗"号布雷艇担负英国大部分的布雷活动,塔特从这个朋友处获得了大量的关于布雷区的第一手情报通过电台发给德国人。为了使他的情报更有分量,我们将一些由于其他原因而不是触雷沉没的德国潜艇情况由塔特告诉德国人是触雷沉没,加上红十字会将艇上被救出而成为战俘的人员名单送交德国,这就使他们更加相信塔特的布雷情报是千真万确的。

还要说一下关于这个欺骗行动的细节,我们布置塔特将新的布雷区位置一个个地告诉给德国人,而实际上这些布雷区并没有水雷。当德国人向所属各潜艇艇长发出勿驶入雷区的警告后,一件意外的事给我们帮了大忙,一艘"U"潜艇紧急报告说由于不幸触雷,不得不自行沉没,它所在的区域恰好是塔特汇报的布雷区,这就进一步使德国人相信塔特所报的完全属实,并随即下令在三千六百平方海里的海域内严禁"U"潜艇进入,以防触雷。这次欺骗敌人的行动给我们带来的利益是无法计算的,可以这样说我们许多船只可以完全无恙地乘风破浪在碧波中游弋而完全不受敌潜艇的威胁,这真是个奇迹!另外由于塔特给敌人制造的混乱,不仅使敌潜艇感到草木皆兵,在大片海域中不敢出入活动,而在他们认为没有布雷的安全地区恰好是更不安全的。

说来似乎很奇怪,最后的两项欺骗敌人活动即关于火箭和关于潜艇的都是事先没有预料到的。这两次行动之所以成为可能,完全是由于我们的间谍人员巧遇良机,正像《大卫·科波菲尔》小说中描写的乐天派米考伯一样总是幸运的,除了机运以外也说明我们在战争期间通过两面间谍系统而积蓄的力量是没有白费的。

　　间谍活动是难以灭绝的，在与德国人的通讯联系期间，塔特于五月二日十七点五十分收到他的德国领导人从汉堡发来的最后一次电报。请注意这个时间，这是汉堡被我军攻克之前的一两个小时，这封电报给我们上了一课，有些德国人是战斗到最后一刻的，因为他们刚刚收到塔特发来的电报汇报关于在科拉海湾地区的布雷情况，德国人在这封最后复电中仍然鼓励并指示塔特要与那位布雷的朋友搞好关系并继续把情况报来，永远保持联系！电报中还认真地答复了塔特提出的一个个人问题，他于一九三九年离开汉堡时遗留下一只箱子，里面装有他个人的一些信件和一些财物，塔特问了一下箱子的下落，德国人在复电中告诉他：这只箱子已于一九四四年九月妥善地交给了塔特的姐姐了，请他勿念。这件事再次告诉我们，你如果想叫间谍人员真心诚意地为你工作，你就应该很好地照顾他们的个人要求并尽可能地照看他们的个人利益。德国人给塔特的最后复电还给我们树立一个闪闪发光的榜样，昭示我们作为一个间谍领导人应该如何地忠于职守，坚持到最后一刻钟！这件事实使一个最为迟钝的人也不能不深为感动！

第十三章 结 论

如果在本书中已经把事情说得很清楚了，那么就没有必要再加以总结了。读者如果愿意可以再看看第三章中最后部分我们列举的关于两面间谍工作的基本职能，或者重读一下第一章的最后一段，这两个段落，可以基本上概括两面间谍工作的主要理论。

看了此书，可以使人了解两面间谍工作理论与实践的基本轮廓，一般来说是可以使人满意的，但也可能引起人们的另一种想法，特别是细心的读者可能会想到这样一个问题，我们确实战胜了德国人并使用他们的武器调转过来打他们，但是能不能说他们也曾成功地把我们的武器调转过来打我们呢？要知道，德国人布置在英国的整个间谍网是全部地被我们所控制的，那么德国人从这套间谍系统中究竟得到了什么呢？答案是不容怀疑的，可以说他们没有捞到任何好处而相反却招来了无穷的祸害。为什么会出现这种局面呢？也许有人会舒适地躺在安乐椅中沉湎于自我陶醉之中，说什么我们是聪明的，德国人是愚蠢的，我们是人财两得等，但这些说法是站不住脚的。

事实证明，德国人在掌握间谍与反间谍的艺术才能方面至少与我们不相上下，他们研究这方面的问题已有相当久的历史，他们在训练间谍方面很慎重认真，他们对间谍人员的审核是经过仔细调查和心理测试的，他们对间谍人员的报酬是从不吝惜的。一句话，没有任何理由说明我胜敌败是因为我们聪明多能，但是有一点，而且似乎不很明显，我们确实是占优势的。

这一点说来很奇怪，应该归功于我们英国从事这项工作的全体人员从上到下的诚实和正直的品质。而德国人在工作中所酿成的每一个重大失策只要追查一下根源，几乎都牵涉阿勃韦尔官员们的自私打算，他们从间谍身上发财致富，抬高自己的身价和荣誉，甚至利用权势和工作方便为自己经营在中立国的安乐窝，相继而来的是他们不能也不想对间谍人员及其工作进行正确的评价，不能公正而诚实地考核下属人员，这就很失人心。他们有的组织竟然把下属的间谍看成是"骗局"，事实很清楚，既然是"骗局"，就很难当成事业认真和长久地经营。

我们深深感到：任何一种秘密情报工作都要求从事这种工作的人员有高度诚恳的优秀品质而且必须摒除一切私心杂念，这是取得成功的首要的和基本的条件。

德国人在英国的间谍组织为什么失败得这样惨？还有一个简单的原因，那就是在战争期间在敌人国内进行情报活动总的来说是注定要失败的，因为一切因素都不利于间谍的存在，这个事实是很难否认的，不管人们是否愿意这样说。如果是敌人占领了我们的国土，我们自己的间谍人员可以在这里大显身手，他们可以得到抵抗运动的合作，可以得到广大人民的热情支援，可以到处开展破坏活动，可以放手搜集情报，甚至可以组织革命活动。但是如果在敌人国内搞这些就完全是另一回事了，他将基本上面对一种毫无希望的环境，到处是怀疑的眼睛，你只要对军事的或准军事的问题稍微表露一点兴趣就会引人注意，各种安全措施，没完没了的盘查调查都给隐蔽活动造成无比大的困难。

我们不了解战争期间我们派到德国去的间谍人员遭遇如何，不了解这方面的情况，无从评论。但我们确实知道德国人派到英国来的间谍是毫无所得的，从理论上说我们在德国的间谍估计也不会有太大的收获。事实上这一条结论是无法否认的：战争期间在敌国境内进行情报活动是困难的并且往往是得不偿失的，相对来说，反间谍工作就比较容易做并且易于获得显著效果。在平时情况恰恰相反，一个间谍，如果有充分的时间进行准备并采取各种安全预防措施，是很不容易捕捉的并且能够取得具有高度价值的情报的，另外，在平时反间谍工作具有很大的难度，因为很难取得罪证，不管对象的嫌疑多大，总不能根据嫌疑来采取行动。在我们这个国家里，人们对于过头的行政管理和僵硬的行政措施是有传统反感的，因此我们宁肯让许多间谍分子漏网也不愿错捕一个。我们的结论是：在平时，搞情报工作是容易的并且容易奏效，反间谍工作不容易搞并且不易奏效；在战时，搞情报工作很困难不易奏效，而反间谍工作比较容易搞并容易取得效果。

还有一个实际问题，涉及军事情报第六处和国家安全部的关系，情报工作与反间谍工作往往是从两个不同的角度上涉及一个共同的案件甚至共同的对象，为什么这两个组织不能更有效地合二为一呢？他们至少应该紧密地互相协作像一个人一样，这个问题只是提出来，不可能在这里解决，也许在未来的情报组织中会得到合理的解决。

附件一

在英国的两面间谍一览表

在英国军事情报第五处存有大约一百二十名两面间谍的档案，其中有的案件未能得到发展，有的作用不大，还有的如考柏威柏和比特尔一直在冰岛，穆恩比姆一直在加拿大，他们都没有在英国活动，因此没有必要一一列举。

附件一列举了三十九名两面间谍人员名单，包括化名、联络手段、主要任务、开始及停止工作的日期、结束案件的原因及备考，最后三项内容我们在翻译时删略。

	间谍化名	联络手段	主要任务
1	巴龙	密写及显微点	一般情报，特别是军事及军备。
2	布朗克丝	密写及显微点	工业及政治情报。
3	布鲁特斯	无线电台	在英国组织波兰第五纵队并搜集军事情报。
4	凯尔莱斯	密写及显微点	搜集英国皇家空军情报特别是美援飞机情况、高射炮生产情况。
5	凯洛特	——	汇报维希政权的动态。
6	赛乐里	当面接头	空军情报。
7	德拉贡弗莱	无线电台	观察机场及部队活动情况，每日气象情报，一般及军事情报。
8	法瑟	发出密写，用电台接指示	设法窃取一架飞机飞回并搜集空军及技术情报。
9	费多	密写（不能接指示）	设法窃取一架飞机飞回并搜集航空、部队集中及技术情报。
10	弗里克	无线电台	搜集一般情报并担任屈赛特的电台联络。
11	甘德尔	无线电台	专门搜集交通破坏情况及英国西北部情报及士气情报。
12	加宝	密写、显微点、无线电台及交通员联络	一般情报特别是军事情报。

（续表）

	间谍化名	联络手段	主要任务
13	杰拉丁	密写及显微点	政治情报。
14	吉拉菲	密写及显微点	主要搜集空军情报。
15	G.W	当面接头并利用西班牙外交邮袋	行动破坏并搜集一般情报。
16	杰夫	无线电台	行动破坏并搜集一般情报。
17	约瑟夫	当面接头及交通员联络	船舶及商船队情报。
18	利普斯蒂克（口红）	密写及显微点	军队配备及技术情报。
19	麦蒂尔	密写及显微点	一般情报特别是海军情报。
20	墨雷特	密写及当面接头	一般情报特别关于生产及工业。
21	马特	无线电台	行动破坏并搜集一般情报，着重军事情报。
22	佩珀敏特	利用外交邮袋内装密写信	一般情报，特别关于士气、军事、工厂及飞机生产的情报。
23	波倍特	密写及显微点	一般情报着重经济情报。
24	雷恩勃	密写及显微点	航空及空防，工业及经济情报。
25	罗维尔	密写及无线电台	关于飞机工厂的具体情报并了解空袭效果。

（续表）

	间谍化名	联络手段	主要任务
26	舍菲尔德	密写（不能接指示）	供应及生产情报，矿工及铁路员工的态度动向，海岸情报。
27	司纳克	密写及显微点	食品价格及居民生活情况。
28	斯奈伯	密写及无线电台	航空及科研及反潜艇作战情报。
29	史诺	无线电台及当面接头	一般情报着重空军情报。
30	萨默	无线电台	围绕伯明翰地区的一切动向。
31	甜威廉	利用西班牙外交邮袋	士气及粮食状况等。
32	塔特	无线电台	一般情报。
33	蒂柏特	无线电台及当面接头	一般情报。
34	屈息儿	密写及无线电台	军事情报和计划中的反攻部署。
35	"三轮车"	当面接头、密写、无线电台	一般情报，军事情报及经济情报。
36	瓦绍德	密写及显微点	军队配备及飞机生产情报。
37	魏索尔	密写及显微点	一般情报着重海军情报。
38	吴姆	密写及显微点	陆军、海军及空军情报。
39	奇格扎格	无线电台	行动破坏，搜集美军情报，搜集反潜艇及对夜航机定向装置的情报。

附件二

德国阿勃韦尔情报机关给间谍人员"三轮车"赴美国的搜集情报提纲

一、海军情报——报告关于敌方航运情况（原料及食品——混合商船队，如可能时请列举船只名称及航速）。

关于在美国与加拿大部队集中准备运往海外的情况，兵力——船只数目——集中的港口——报告造船情况（海军舰艇及商船）——码头（造船厂）——国营与私营码头情况——新的工程——正在建造和修理中的船只名单，造船订货情况——预计交货时间。

报告关于美国海军基地特别是佛罗里达基地情况——关于快艇主要是"E"型快艇及母舰基地的组织情况——海岸防卫——组织区分。

二、关于夏威夷的情报——弹药库及水雷的储藏。

1. 关于在库舒阿岛（珍珠港）的海军弹药库及水雷库的具体情况，如可能时请绘制要图。

2. 在拉鲁雷的弹药库，确切位置在何处？有没有专用铁路线连接？

3. 陆军弹药总库据说是在阿来曼努火山口附近的山洞，确切位置在何处？

4. 潘奇包尔火山口附近是否设有弹药库？如果没有，该地有无其他军事设施？

三、关于机场的情报。

1. 关于鲁克菲尔德机场——机库的数目位置等具体情况（可能时请绘制要图）以及修理所、炸药库、汽油库的位置。有没有地下贮油库？——水上飞机站的确切位置及其面积。

2. 关于海军航空兵据点科奈奇——准确地报告它的位置、机库、弹药库的数目及分布情况（画图说明），标明所占面积。

3. 陆军的威查姆机场和惠勒机场——准确的位置？它的机库、弹药库及修理所的数目及位置？有无地下设施？（画图）

4. 罗杰斯机场——一旦美国参战，这个机场可能被陆军还是海军所征用？有哪些准备工作迹象？机库的数目？是否可以在这个机场降落水上飞机？

5. 泛美航空公司机场——具体位置（如可能时请绘制要图），这个机场与罗杰斯机场是不是一样的或者它是否附属于罗杰斯机场？（泛美航空公司有个无线电台设在马哈堡半岛上）

四、关于珍珠港的情报。

1. 关于珍珠港的国家码头、直码头、修理所、汽油库的准确和具体情况并请绘制要图。一号干码头及另一个新建中的干码头的确切位置。

2. 关于潜艇站的具体情况，这里有哪些陆上设施？

3. 水雷探测站在何处？水闸的进口处及其水闸以东和东南方的疏浚船目前工作进展如何？现在的水深是多少？

4. 抛锚场的数目。

5. 在珍珠港有关浮动船坞的情况或是否有添设浮动船坞的打算？

五、特种工作——报告关于英国和美国海军最近开始使用的鱼雷防护网的情况。在商船及海军舰队中已装置了多少？在航行中是否可以照常使用？在安装鱼雷防护网以后航速减低多少？生产这种装备的具体情况。

1. 迫切需要了解美国陆军装甲车的装甲情况、特别是最近运到中东地区的那种装甲车情况，其他各类装甲车情况，尤其需要了解装甲钢板（坦克）的构造及装备。

2. 需要了解美军步兵师及所属战斗单位（步兵团、炮兵营等）的编制表，这种编制表上注明有兵力，是由美国陆军部印制的机密文件。

3. 新型轻装甲车（坦克）的情况？决定使用哪一种类型的装甲车？它的重量、武器装备及装甲情况。

※　　　※　　　※

1. 一九四〇年六月间英国对美国的负债情况，租借法案生效以来英国从美国得到多少贷款？从战争开始以来英国在货物供应、工厂建设、战争物资的生产、新建及扩建船坞等方面共得多少美援？

2. 在 1939/40、1940/41、1941/42 及 1942/43 各个财政年度中的国家支出特别是军费支出及有关国防装备的开支情况。

3. 美国军备计划中的财政支出，通过税收、借贷、税务信用利息券等可以得到多少补偿？战争物资储备总署及所属公司（金属储备公司、橡胶储备公司、国防工业生产公司、国防物资供应公司、国防物资储备公司等）在财政开支中所占份额。

4. 公债增加情况及可能的偿还办法。

※　　　※　　　※

所有关于美国空军军备的情报都具有最大的重要性，急需获得下列问题的答案。

1. 关于美国每月生产多少架飞机的情况：

a. 每月总共生产多少架飞机？

b. 每月生产多少架轰炸机？

c. 每月生产多少架战斗机？

d. 每月生产多少架教练机？

e. 每月生产多少架民用飞机？

2. 这些美国飞机在向英帝国支援供应时的分配情况：

a. 给大不列颠；

b. 给加拿大；

c. 给非洲；

d. 给近东；

e. 给远东及澳大利亚。

3. 美国每月能训练出多少驾驶员？

4. 有多少美国驾驶员参加了英国皇家空军？

关于加拿大空军的情报也是重视的。

前线使用的军用飞机的数量、机型；空军各梯队的编组十分重要；应着重了解加拿大空军的训练计划，各空军训练学校的位置及容量，列举各种训练学校情况。